Christel Bethke

Ich bin die Freude meines Alters

Christel Bethke

Ich bin die Freude meines Alters

Alte und neue Geschichten

Ein Teil dieser Geschichten wurden erstmalig im Ostpreußenblatt veröffentlicht und erscheint hier in zum Teil überarbeiteter Form. Die Gedichte von Gottfried Benn auf S. 9 sind entnommen aus: Gottfried Benn: *Gesammelte Werke. Gedichte.* Limes Verlag, 1960

Bibliografische Information der Deutschen Nationalbibliothek
Die Deutsche Nationalbibliothek verzeichnet diese Publikation in der Deutschen Nationalbibliografie; detaillierte bibliografische Daten sind im Internet über http://dnb.d-nb.de abrufbar.

Umschlaggestaltung: Roland Poferl Print-Design, Köln
Layout: Verlagsservice Monika Rohde, Leipzig
Herstellung und Verlag: BoD – Books on Demand, Norderstedt

ISBN: 97837347782503

Inhalt

Spät erst erfahren sie sich:
bleiben und stille bewahren
das sich umgrenzende Ich.
Gottfried Benn

Plagiat

Mein Leben besteht nur
aus Literatur.
Die große und die kleine
Liefern mir die Steine
zum Überlebensbau.

> *„Ich bemerke wieder einmal,*
> *daß kein Buch den lebendigen Menschen ersetzen kann",*
> *Albert Speer in Spandauer Tagebuch*

Der Bauer hat sein Land verkauft

Der Bauer hat sein Land verkauft,
Er holt die Milch jetzt in der Tüte.
Er hält gar keine Tiere mehr
Und spricht von „Freizeit", meine Güte!

Und seine Frau, die Bäuerin,
Hält sich nun fit for fun:
Sie joggt, spielt Golf und sonstnochwas,
Hat auch ein neues Outfit an.

Auf ihrem weiten schönen Feld
Stehn neue Immobilien.
Sie haben jetzt 'ne Menge Geld
Und machen „Auszeit" auf Sizilien.

Das alte Haus, mit Stall und Scheun',
Es mußte Neuem weichen,
vom Giebel „achtzehnhundertzehn"
Ließ niemand sich erweichen.

Zweihundert Jahr Vergangenheit,
Gelebtes Leben, hier am Ort.
So ist das mit dem Zahn der Zeit,
Was bleibt, ist nur das Wort.

Sage nicht

Sage nicht, das Glas ist schon halb leer
Und nicht, morgen wird es regnen
Wenn wir spazieren gehen werden.

Sage nicht, gestern war ich dort um diese Zeit
Und morgen werde ich woanders sein.
Laß uns im Heute doch verweilen.

Im Glase funkelt rot der Wein
– vielleicht ein achtel noch –
Wir wollen ihn genießen.

Das Wiedersehen

In der Nähe des Bahnhofes beobachtete ich folgende Szene, die mir beim Weiterfahren verschiedene Gedanken in den Sinn kommen ließen: Ein Mann, offensichtlich von dort kommend, denn er zog einen Koffer hinter sich her, und ein Kind von entgegengesetzter Seite, strebten eilig aufeinander zu. Vielleicht hatte das Kind, es war ein kleines Mädchen, sich verspätet und nicht mehr rechtzeitig geschafft, beim Eintreffen des Zuges den Erwarteten zu begrüßen. Jedenfalls war ersichtlich, wie sehr sie sich freuten, sich wieder zu sehen. Das letzte Stück Weges wäre fast auch noch der Vater gerannt: der Koffer bleibt stehen, die kleine Tochter liebevoll begrüßt, umarmt und sich immer wieder drückend und Fragen stellend (hoffentlich nicht gleich nach der Schule!), ziehen sie nun den Koffer hinter sich her nach Hause.

Ernst Barlach hat eine Skulptur geschaffen, die er *Das Wiedersehen* nennt und die mich immer wieder sehr berührt. Sie zeigt zwei Frauen, eine davon alt und gekrümmt, sich berührend. Sich wiedersehen, eine herzbewegende Angelegenheit ist das.

Was war das früher immer für eine große Begebenheit, wenn Besuch kam und auch wenn er wieder fort mußte. Telefon gab es nicht im Haus und Briefe zeigten auch nie an, wie es denn wirklich um einen stand. Hat sich Mutter verändert, der Vater? Wie geht es ihnen wirklich? Hat er sich von seiner Krankheit erholt?

Im Zusammenkommen der Menschen hat sich seit damals auch etwas verändert. Vielleicht sieht man sich öfter, aber nicht intensiver.

Also erstmal die Ankündigung. Da muß natürlich alles auf Vordermann gebracht werden: das Haus gesäubert, das Gastzimmer, so vorhanden, hergerichtet, gebacken muß werden, ein Speiseplan erstellt, nachdem man sich der Lieblingsspeisen des Gastes erinnert hat, Blumen auf den Tisch mit der frischen gestärkten Decke und natürlich Großer Bahnhof. Alle Mann hin und den Besuch abgeholt. War mit großem Gepäck zu rechnen, mußte der Handwagen mitgenommen werden, denn auch ein Auto gab es nicht und von einem Taxi ist mir ebenfalls nichts bekannt, das bestellt werden konnte. Wie denn auch, eher konnte schon bei Onkel Priedigkeit Pferd und Wagen ausgeliehen werden.

Ganz anders heute. Viele kleine Reisen, die auch in acht Tagen um die Welt führen können, sind gefragt. Schließlich möchte man die Große Mauer begangen haben, auf einem Kamel bis an die Pyramiden geritten sein. Auf einem Elefanten durch den Regenwald wäre auch ganz schön und überhaupt, das Leben ist viel zu kurz, trotz Brückentagen und geschickter Urlaubsplanung, um sich alles einzuverleiben.

Damals kam man, um eine Weile zu bleiben, um wieder mal vereint zu sein. Klar wird man da vom Zug abgeholt und wenn er langsam einfährt, schon Ausschau halten aus welchem Coupé der Erwartete aussteigen wird. Dann erste verstohlene Bestandsaufnahme. Hat er sich verändert? Wenn ja, inwiefern. Schließlich schickte man nicht dauernd Fotos von sich und gemailt wurde auch nicht.

„Das Herz muß wissen, wann es da sein soll", heißt es im *Kleinen Prinzen*. Wie wahr. Im Zeitalter des Autos und der Flugzeuge ist man ständig „Überraschungen" ausgesetzt. Und das Herz kann erst da sein, wenn es schon zu spät ist, und man fragt sich, ja war das denn nun wirklich wahr oder nicht. Dann fallen einem erst die Antworten ein zu Fragen, die gar nicht gestellt wurden.

Zeit, Abschied zu nehmen. Der Besuch geht zu Ende, der Koffer ist gepackt, Proviant für unterwegs hergerichtet, zusätzlich noch ein Pappkarton mit nahrhaften Dingen für den Städter bereitgestellt. Der Handwagen aus dem Stall wird mit einer Wolldecke ausgelegt, um den guten Lederkoffer zu schonen und schon geht es los: einer zieht und einer schiebt; wenn es bei Urban den Berg runtergeht, muß gebremst werden, und viel zu früh für den Großen Bahnhof, der wieder abgehalten wird, ist man da. Dann aber, wenn das Gepäck verstaut, der Platz belegt ist, wird das Fenster heruntergelassen und gewinkt, wenn zur Hand, mit einem Taschentuch, das der Zurückbleibende ganz bestimmt aus seiner Manteltasche gezogen hat und so lange flattern läßt, bis der Zug die letzte Kurve genommen hat. Leere, Traurigkeit bleiben zurück. Dann aber wird sich gerafft und der gemeinsamen Zeit gedacht, die hinter einem liegt und die so wichtig war und ist im Leben. So halten wir es heute noch und das Tuch, das Taschentuch, ist ganz wichtig: es sollte nach Möglichkeit weiß sein und frisch entfaltet werden.

Louise und ich in Bad Pyrmont (1968)

Die Bushaltestelle

Als ich vor einiger Zeit im Heim Besuche machte, sah ich, dass man eine Haltestelle für Busse davor eingerichtet hatte. Prima, dachte ich, es geschehen noch Zeichen und Wunder. Da kann ich, wenn es im Winter mit dem Rad zu gefährlich wird, direkt mit dem Bus bis vor die Tür fahren. Alles ist da: eine Bank, ein durchsichtiges Häuschen, Fahrplan, ein Papierkorb für die entwerteten Fahrscheine und das Halteschild.

Heute ist eine riesige Maschine im Garten damit beschäftigt, einen neuen Weg einzurichten, der sich mir zunächst nicht recht erschließen will. Schade eigentlich um die alten Büsche, die der Umwandlung zum Opfer gefallen sind. Soll das ein Rundweg werden oder zwei? Eine Art von Acht, so etwas wie eine Endlosschleife? Ich lasse mir das vom zu wenigen Personal erklären. Es stimmt, der Weg soll die Kranken daran hindern „auszubüxen" wie mir der Pfleger erklärt. Einmal drin, muß der Wegführung gefolgt werden. Mir fällt der Hamster ein, der in seinem Rad unentwegt läuft und läuft und läuft. Oder ist das ein anderes Tier?

Auch mit der Bushaltestelle stimmt etwas nicht. Nie wird hier ein Bus ankommen oder abfahren. Und das soll zum Wohle der Kranken sein? Der Verwirrten, die mir gar nicht so verwirrt scheinen, wenn man sich mit ihnen unterhält. Immer bekomme ich eine ausführliche Antwort wenn meine Frage die richtige ist. Seltsam ist das alles. Du sollst auf einen Bus warten, der nie kommen wird, und du sollst deine Runden drehen wie im Gefängnis. Wenn man nicht schon verwirrt ist, hier kann man es werden.

Albert Speer, Hitlers großer Architekt, muß zwanzig Jahre im Spandauer Gefängnis absitzen und weiß als intelligenter Mensch, er wird verrückt werden, wenn er sich keinen Plan macht. Ihm kommt die Idee mit der Weltumwanderung im Gefängnisgarten. Er rechnet sich aus wieviel Kilometer er täglich schaffen kann, nachdem er die Länge des Weges im Garten ausgerechnet hat. Als Architekt fällt ihm das nicht schwer. Auch berechnet er Zeitzonen, winterliche Verhältnisse in den jeweiligen Ländern, durch die er kommen wird, ein und steckt sich Routen ab. Er läßt sich Material über die Strecken, die er durchwandern wird, bringen und studiert es. Jeden Tag notiert er sich die gewanderten Kilometer. Am 6. August 1955 heißt es „Flimmernde Hitze über der Pußta ... aus unserem Kräuterbeet riß ich eine Zitronenmelisse aus und zerrieb die Blätter zwischen den Fingern, der intensive Geruch verstärkt die Illusion von Fremde, Wanderung und Freiheit." Am 2. Dezember 1956 befindet er sich dreihundertdreiundfünfzig Kilometer vor Kabul: „Rechne damit, daß ich, wenn keine Schneestürme auftreten, Mitte Januar in der Hauptstadt von Afghanistan ankommen werde."

Am 24. Februar kommt es fast zur Katastrophe. Er ist inzwischen in nächster Nähe der Beringstraße, die zweihundertsiebzig Kilometer breit und bis Mitte März zugefroren ist, und er rechnet sich aus, daß, wenn er sein Tempo steigern könnte, er sie zu Fuß überqueren könnte, denn ein Wärter, der von dort stammte, hatte ihm erzählt, daß sie zufriert und er somit der erste Mitteleuropäer wäre, dem es gelänge. Im ganzen, erzählt er seinem Mithäftling Rudolf Hess, habe er bis dahin 78 514 Runden gedreht oder aber 21 201 Kilometer bis „hierher" zurückgelegt. Der beunruhigt sich und fragt: „Halten Sie das nicht für beängstigend. Ist das nicht eine Manie?" Speer beruhigt ihn damit, daß er sich in guter Gesellschaft befinde. Von Ludwig dem Zweiten wird berichtet, daß er manchmal abends in den Marstall ging, sich auf einer Karte die Straßenentfernung von München nach Schloß Linderhof ausrechnen ließ, sich aufs Pferd setzte und Runde um Runde die ganze Nacht über die Bahn abritt. Der Adjutant mußte ihm zurufen: „Jetzt sind Euer Majestät in Murnau, jetzt in Oberammergau und jetzt treffen Euer Majestät in Linderhof ein!"

Irgendwie, denke ich manchmal, hängt alles zusammen. Alles ist etwas irre. Das ganze Leben. Und Umwege sollen ja angeblich die Ortskenntnis erweitern. Abends, beim Nachrechnen, muß Speer feststellen, daß sie sich während des Gesprächs auf der Behringstraße befanden. „Wie leicht hätte ein Unglück passieren können, man kann nicht vorsichtig genug sein", notiert er.

Weil ich heute erschöpft bin, setze ich mich, bevor ich nach Hause fahre, zu einer älteren Frau auf die Bank an der Bushaltestelle. Sie hat ihre umgehängte Tasche auf dem Schoß und macht sie unentwegt auf und zu. Auf meine Frage, wohin, sagt sie, sie will Eis essen fahren. Bei der Hitze, denk ich, ist das eine gute Idee. Ich habe sie im Haus schon öfter gesehen und seit es diese Haltestelle gibt, sitzt sie hier jeden Tag, erzählte mir der Pfleger. Sie hat den Riemen der Tasche wie beim Koppelzeug schräg über Rücken und Bauch und unwillkürlich muß ich an einen Brotbeutel denken, in dem die eiserne Ration eines Soldaten war. Und siehe da, jetzt holt sie ein flaches Päckchen aus der Tasche und wickelt ein Brot aus. Nachdem sie das Papier sorgfältig in den Papierkorb getan hat, beginnt sie zu essen.

Jetzt kommt noch ein möglicher Fahrgast und setzt sich zu uns. Alles das geschieht wortlos. Was ist das nun alles, ist das gut oder trostlos? Müßte ich hier sein, kommt mir in den Sinn, ginge ich nicht auch hierher, um zu warten? Was hat man nicht schon in seinem Leben gewartet! Von wegen, das Herz muß wissen, wann es da sein soll, wie es im *Kleinen Prinzen* heißt. Das ist ja vom Warten schon so müde, daß es den Augenblick verpaßt, wenn es *da* sein soll, das heißt, wenn der Bus endlich kommen sollte. Wird die Welt, in der wir leben, durch unsere Träume nicht doch verändert und lebbarer? Wir wollen doch nicht nur aufgehoben sein, sondern leben.

Das letzte Stück unserer Straße, bevor sie in die Bundesstraße mündet, es sind vielleicht hunderzwanzig Meter, war immer ganz besonders sauber. Jedes bißchen Unrat, Papier und Plastik wurde von einer alten Frau aufgesammelt. Dreimal mindestens am Tag trat sie aus ihrem Haus und sorgte für Ordnung. Jahrelang ging das so und auch der daneben laufende Graben gehörte dazu. Im letzten Jahr, als es Herbst wurde und die Blätter fielen, begann ihre Sisyphusarbeit. Die Blätter! Die wirbelnden, fallenden Blätter. Sie konnte sie nicht schnell genug sammeln und in ihre Ecke tragen, schon waren sie wieder auf und davon. Einmal stieg ich vom Rad und sie führte mich an den Ort ihrer Niederlage und ihren Augen war anzusehen, daß sie die Welt nicht mehr verstand. Schade.

Mir fiel ein, wie besessen ich immer alles gemacht hatte und manchmal heute noch. Gestrickt wie eine Irre, dabei wollte schon längst keiner mehr die Pullover und Socken haben. Dann danach das Häkeln! Spitzen für Tischdecken! Teurer Stoff wurde gekauft, Bielefelder Leinen, und die ganze Spitze eingearbeitet und drumherum genäht im Spezialgeschäft für ganz teures Geld. Wäre es nicht schön zu wissen, man wird nicht mehr sein, aber eine solche Decke überdauert einen und wird zum Familienerbstück? Pustekuchen, wo sind die Erbstücke geblieben? Die Heißmanglerin meinte mal, das macht sie heute nicht mehr. Die setzen gleich ihren Kaffeebecher auf den Tisch, ohne Decke. Und eigentlich haben sie auch recht, bei den Mangelpreisen.

Dann das Sammeln der Beeren im Herbst. Wieviel Gläser Gelee und Marmelade gekocht. Nichts davon für mich und ob die anderen das mochten und zu schätzen wußten, bleibt auch fraglich, denn der Geschmack der Nachkommen hat sich auch den Neuerungen angepaßt.

Mein Badesee ist neunhundert Schwimmzüge lang, hin und her also eintausendachthundert. Mache ich nur die Hälfte, wenn es zu kalt ist, mache ich nur ... Fängt die Badesaison erst an, fällt es mir schwerer, mal nicht zu gehen. Ich müßte mal ausrechnen, wo ich am Ende des Sommers angekommen sein könnte. Vielleicht in der Adria? Hoffentlich gibt es da keine Haie!

Man muß doch immer aufpassen wie ein Luchs, um noch die Kurve zu kriegen. Aber vielleicht wird manch einer auch von seinen Zwängen zusammengehalten. Hat das noch kein Schlaukopf ergründet? Wenn nein, warum nicht. Fest steht, daß der Tag Struktur haben muß, Kontur, und Arbeiten ohne Auftrag ist am allerschwersten. Vielleicht müßte ein naher Mensch heute nicht den Rundweg gehen, hätte er in der Krise den Pinsel wieder in die Hand genommen. Das sind Geheimnisse unseres reifen Lebens.

Ich hatte mir immer vorgestellt, daß, wenn ich jemals im Gefängnis landen sollte, aus welchen Gründen auch immer, ich anfangen würde, die Bibel abzuschreiben. (Ich muß also mit einer längeren Haftzeit gerechnet haben.) Denn das hatte ich schon früh begriffen, irgendwie muß es einen festen Plan geben im Tagesverlauf, wenn einem die Freiheit verwehrt ist, der nicht ganz sinnlos ist. Bis heute ist es Gott sei Dank nicht dazu gekommen. Auch darin Glück gehabt.

Uns wird beigebracht, immer globaler zu denken. Lotte, die im Laufe ihrer immer stärker werdenden Gebrechlichkeit in verschiedenen Seniorenwohnanlagen lebte, weil das auch zur Kostenfrage wurde, machte mich einmal darauf aufmerksam: „Sehen Sie hier irgendwo einen Heimbewohner mit ausländischen Wurzeln?"

Ich war verblüfft und es stimmte. Auch in anderen Heimen nicht, die ich zum Besuch aufsuche. Obgleich der Anteil, wie ich auch in unserem Viertel feststellen kann, unserer ausländischen Mitbürger gestiegen ist, sieht man dort keine. Was machen die mit ihren Alten und Kranken? Zurück in ihre Dörfer? Oder pflegen sie die zu Hause? Werden die weniger dement? Fragen über Fragen, die sich hier stellen und manchmal stelle ich mir vor, wie das wäre, das noch vorhandene „Potential" zu nutzen. Zurück in die Zukunft.

Ich las einmal ein Buch, der Titel *Zwei alte Frauen* (weiß ich aber nicht mehr genau). Die beiden wurden von ihrem Stamm ausgesetzt, weil die Karawane weiterziehen mußte, und wenn die Wölfe näher kommen, wirft man einen vom Schlitten. Der Stamm kämpfte ums Überleben und so kam, was kommen mußte. Die beiden berappeln sich, besinnen sich auf ihre alten Traditionen. Überlebensmethoden, die sie noch von ihren Vorfahren in Erinnerung hatten, werden so wieder fit und haben, als sie durch Zufall ihren alten Stamm treffen, der am Verlöschen ist, die Genugtuung, ihn zu retten. Und wenn sie nicht gestorben sind, dann leben sie noch heute.

Aber das wollen wir ja alles gar nicht. Rette sich, wer kann. Aber wir, das letzte Aufgebot, nochmal in die alte Heimat? In Großmutters Garten etwas pflanzen und ernten? Ein Feuer im Herd machen, sie fragen, was habt ihr mit euren Alten und Kranken gemacht?

Kommt jetzt der Bus? Nein, nur jemand vom Pflegepersonal kommt nachsehen, ob nicht jemand „ausgebüxt" ist. Zum Nachtisch gibt es heute Eis, hören wir, also ist ein Ausflug zu dritt nicht mehr nötig.

Trommeln

Vor fünf Tagen stand das Getreide noch auf dem Halm, heute ist das große Feld abgeerntet und ein Trecker hat bereits an einem Ende mit dem Pflügen begonnen. „... ist das Feld einst abgemäht,/ die Armut durch die Stoppeln geht, sucht Ähren,/ die geblieben ...", heißt es in einem Gedicht von Clemens Brentano.

Daran hielten wir uns immer. Ob wirkliche Armut dahinter stand, glaube ich nicht und auch nicht, dass es mit dem Krieg zu tun hatte. Es gehörte einfach dazu wie das Beerenlesen und das Pilzesammeln im Herbst. Ob wir Kinder dabei eine wirklich große Hilfe waren? Am liebsten war mir die Pause mit der Vesper und dem mitgenommenen Saft in den Krucken, zu dem man auch wieder für Nachschub sorgen mußte. Wenn die Zeit da war, dann mußte in den Beerenwald gegangen werden, denn das wußten wir, kam man zu spät, bestrafte einen das Leben mit einem leeren Eimer. Wir waren nicht die Einzigen, die schon früh loszogen, es war Ferienzeit und das gehörte dazu. Großmutter hatte für jeden eine Halbschürze genäht, die vorn doppelt war, also eine große Tasche bildete. Da hinein kamen die gesammelten abgeschnittenen Ähren. Die Schere, mit der das gemacht wurde, hing an einem Band, das um die Taille ging. Alles ohne Schutzmaßnahmen!

Die Felder waren belebt, Zurufe gingen hin- und herüber, Kinder versuchten, auf den Stoppeln barfuß zu laufen. Hitze. Aber dann unter den Chausseebäumen die Rast im Schatten. Auswickeln der Flinsen und zum Saft vertilgen, bißchen ausruhen, bis die Großmutter ihr weißes Baumwolltuch zurecht rückte und hoch geht's. Wer dachte schon beim Liegen im Gras an die mörderischen Zecken! Irgendwie haben wir ja alles überlebt, vielleicht rührt ja diese oder jene Macke daher.

Auf den Feldern wurden die letzten Hocken eingefahren und die Hungerharke, die danach eingesetzt wurde, ließ hoffentlich noch was zum Sammeln übrig. Heute nichts davon, nichts zu sehen und nichts zu hören. Erntezeit! und keine Menschenseele auf den Feldern, die, zugegebenermaßen, weitgehendst von Maisfeldern abgelöst worden sind. Stellenweise fährt man wie durch Kanäle, links eine Mauer aus Mais, rechts eine, die jeden Weitblick verbieten und die Welt enge werden läßt. Schade.

Nur ab und zu donnert ein Riesentraktor so nah an einem vorbei, dass man fast im Graben landet, und wenn man nicht rechtzeitig nach der Mütze faßt, reißt der Sog sie mit fort.

Nicht nur auf den Feldern ist es leer, auch die Wege und Landstraßen. Heute begegnet mir nicht ein einziger Mensch, weder zu Fuß noch mit dem Rad. Ja, wo sind die denn nur! Nur einmal war ein Trupp der „jungen Alten" unterwegs in buntem Outfit und mit Helm ausgerüstet, wie für die Tour de France. Mit großem Hallo bilden sie ein Spalier und die kleinen Feiglinge machen die Runde. Ich danke huldvoll und summe beim Weiterfahren vor mich hin „Kinder ist das Leben schön, ohne ins Büro zu geh'n." Irre diese Zeit. Auch mit den Tieren ist es schlecht bestellt. Man riecht sie nur. Kaum eine Kuh ist auf der Weide, Geflügel schon gar nicht. Höchstens die Pferde, die gehobenen Ansprüchen dienen, haben es auf ihren Koppeln gut.

Mein Großvater vertrat die Ansicht, der Bauer sei der wichtigste Mann im Staate. Das leuchtet sofort ein: ohne ihn keine Grundnahrungsmittel, wie Brot und Kartoffeln. Der heutige „Agronom" könnte einem fast leid tun. Ganz allein sitzt er wie ein Pilot in seinem Cockpit auf seinem

Traktor, ein Riesending. Ob er in seinem Glaskasten Klimaanlage hat? Musik? Sicherlich hat er aber Computersteuerung, denn die Furchen, die er zieht, sind wie mit dem Lineal gezogen. Am 28. Juli gibt es eine „Maisfeldfete", las ich unterwegs ans Feldkreuz angeschlagen. Immerhin, und ein anderer hat einen Irrgarten angelegt, der für fünf Euro Eintritt bald begangen werden kann.

Eigentlich fand ich es heute zum ersten Mal bedrückend, so allein. Auch die Dörfer, durch die ich fuhr, waren sooo leer. Nicht weit vor den Toren der Stadt hat ein Mensch das Gebot der Stunde erfaßt: er ließ einen Teich in der Wiese ausheben, schaffte zwei Entenpaare und Gänse an und auch ein paar Ziegen und kleine Hängebauchschweine und eröffnete ein Landcafé. Was das wohl wird, fragte ich mich. Es wurde, sein Plan ging auf. Er hat sein Angebot um „Elsässer Flammekuchen" erweitert und ein Eselchen bereichert seinen Minizoo. An Wochenenden und Feiertagen parkt Auto an Auto und auch an Werktagen herrscht Betrieb. Die Gänse hatten gebrütet und seit Ewigkeiten sah ich erstmals wieder Güsselchen. Ideen muß man haben.

Wir waren in keiner Krise, als wir Ähren suchen gingen. Übrigens gingen wir auch über die abgeernteten Kartoffelfelder. Nachstoppeln nannte man das. Nein, sie machten das, weil nichts umkommen durfte. Nach heutigen Maßstäben lagen wir bestimmt unter der Armutsgrenze, doch wir fühlten uns nicht so, das hätte uns auch schwer gekränkt! Ganz im Gegenteil, wir fühlten uns reich, wir lebten ganz und gar mit und in der Natur. Welche Fülle lag in diesen Erntemonaten, wenn die Spillen fast vor Süße an den Bäumen platzten, die ersten Kläräpfel reiften. Und in den Wald mußte auch noch gegangen werden.

Es ist ein Deutscher, der in Athen Tipps für die Krise gibt: ein Fahrrad und Kartoffeln im Keller horten. Das könnte von mir stammen, ich würde aber noch ergänzen und raten, über die abgeernteten Reisfelder zu gehen und liegengebliebene Ähren zu sammeln. Gibt es nicht beim Griechen Reis und Lamm? Für die Siesta unter den Olivenbäumen wäre ein Fläschchen Retsina zu empfehlen.

„In der Armut beginnt die Philosophie", behauptete neulich in einem Interview ein Grieche, der aus der Stadt zurück aufs Land gezogen ist, um sich wieder um seine alten Olivenbäume zu kümmern und begeistert ist vom einfachen Leben. Wenn das alle machen würden, bedürfe es der Marktwirtschaft nicht mehr, meinte er. Ist das so? Und was dann?

Als das Telefon für uns bezahlbar wurde, das ist nun vierzig Jahre her, wurde es sofort in Aktion gebracht. Was die Pfadfinder sich nicht alles zu besprechen hatten! Ich fragte meinen damals zwölfjährigen Sohn: „Sag mal, was würdet ihr eigentlich ohne Telefon machen?" Er: „Trommeln, Mutti, wir würden trommeln." Beruhigend, wie?

Mit zweiundachtzig

Der Schuß ist noch nicht losgegangen,
Da stehen die Betreuer heute schon parat.
Wie kommt es,
Daß du ohne „seelischen Beistand"
So alt geworden bist?

Dabei wäre er bitter nötig gewesen,
In Situationen, die unerträglich waren.
Zum Beispiel als ihr in der Kindheit
Zu Bettnässern und Stotterern wurdet.
Ihr verlassen wurdet.

Als die Russen kamen,
Als die Mutter nur um den Verlorenen trauerte
Und dich vergaß.

Als du unbedarft
Die Flucht nach vorn antratest
Mit 36 zum ersten Mal das Wort Orgasmus *hörtest*
Von Tuten und Blasen keine Ahnung, bis heute nicht.

Wo bleibt die Seelsorge,
Wenn der alte Mensch abgeschoben wird
Im wahrsten Sinne des Wortes.
Wo sie ohne ihn „sicherer sitzen" würden?

Wo aber kommt immer wieder die Energie her,
Die dich aus der Tiefe nach oben trägt
Und dich selbst zum Betreuer werden läßt.
Ist das Gott?

Das Alter

Es dauert
bis man sich kennt,
nicht mehr in die Irre rennt
und das Gespür
für den „bess'ren Sinn"
sich entwickelt hat.

„Wer die Nachtigall stört"
hieß ein Film deiner Jugend,
nach dessen Hauptdarsteller
wähltest du den Vater deiner Kinder.

Wann hat man begriffen,
dass der Andere,
den man zu lieben glaubt,
sich gestört fühlt?

Hand auf der Schulter:
„Was hast du denn,
wird schon wieder."
Ja, was hat man denn?
Weiß man das?

Nichts davon weiß man,
es bleibt Unterschwelliges,
nicht zu deuten,
unbefriedigend
und so dunkel.

Aber wenn du dich
freigeschwommen hast,
erhebst du dich
über dich selbst hinaus

und gliederst dich ein
in den Club

der Seligen
der Glücklichen
der sich Sehnenden
der sich Gestört-Fühlenden.

Unten steht der Leichenwagen

Unten steht der Leichenwagen,
Nein, noch nicht für mich bestimmt.
Eine andre wird hinausgetragen,
Deren Stimme man nicht mehr vernimmt.

Meine will noch immer singen
Vom Leben hier und jetzt,
In Tönen, die verwehn und klingen
Immerfort bis ganz zuletzt.

Zuletzt wird wieder Anfang sein,
Wird schließen sich der Ring.
War es ein Traum? War's Wirklichkeit?
Das Leben ist ein seltsam Ding.

Die Tilsiterin
für Erika

Das Telefon klingelt: „Ich weiß niemanden, den ich darum bitten könnte, nur Dich."

Es ist die Tilsiterin, die, wie ich gehört hatte, sehr sehr krank sein sollte. Irgendwie waren wir auseinander gekommen, aber nie aus dem Sinn. Um was es sich handle, will ich wissen. „Ich würde so gerne noch einmal Spirkel mit Schmandsoße essen und Kartoffelbrei."

Na klar, mache ich das. Es soll mir eine Ehre und Vergnügen sein. Gleich auf das Rad und zum Fleischer gefahren. Schön durchwachsener Schweinebauch muß es sein, und weil ich es noch in Erinnerung habe, dass sie es am liebsten paniert als Schusterkotelett ißt, lasse ich die Scheiben etwas klopfen. Also paniert in die Pfanne und nach dem Braten darin gleich die Schmandsoße machen. Kartoffelbrei wie er sein muß: mit heißer Milch und etwas Muskatnuss.

Damit alles warm bleibt, in Tücher packen und dann los. Es sind ungefähr zwanzig Minuten mit dem Rad. Schon bevor ich läute, geht der Türöffner. Sie hat mich also kommen sehen. Oben empfängt sie mich in der offenen Tür und ich versuche, mir meine Betroffenheit nicht anmerken zu lassen. Aber wir kennen uns zu genau und müssen uns nichts vormachen. „Wie der Dalai Lama", versucht sie zu scherzen und nimmt die Perücke ab, die sie nach der Bestrahlung tragen muß, weil ihr die Haare ausgegangen sind.

Nun aber erst das ersehnte Gericht. Während sie ißt, gehe ich auf den Balkon, der das Ausmaß ihrer Erkrankung zum Ausdruck bringt: keine einzige Pflanze in den Kästen, kein Topf, keine Polster auf den Stühlen, die zusammengestapelt in der Ecke stehen, keine Decke auf dem Tisch. Trostlos. Das war immer ihr schönstes: der Sommer auf dem Balkon. Alles fand auf ihm statt, vom Frühstück bis zum Schlummertrunk.

Jetzt kommt sie. Statt der Perücke hat sie einen Turban auf, der ihr sehr gut steht. Während des Krieges hatten die Frauen aus einem Schal sich solche Kopfbedeckungen gezaubert. „Es war wunderbar", sagt sie, „ich kann das Essen auf Rädern nicht mehr sehen. Schon vom Geruch wird mir übel." Sie hat abgenommen, sie, die immer unter ihrer Vollschlankheit litt, hat jetzt das „ideale Gewicht", wie sie ironisch sagt. Wir sehen uns an und es gibt nichts zu sagen. Als ob die letzte Krankheit das eigentliche Wesen des Menschen sichtbar macht, so kommt es mir vor. Ich verspreche wiederzukommen und das Versprechen halte ich bis zum Schluß.

Während ich langsam nach Hause fahre, sind meine Gedanken noch ganz bei ihr und ich denke dies und das. Wie sie damals zusammen mit ihrem Mann in diese von ihr so geliebte Wohnung zog. Eine Seligkeit, eine Wohnung für sich allein. Zwei Dauerflüchtlinge wollten seßhaft werden! Wie begeistert sie war, wie verliebt in das Leben, erst zu zweit und auch dann noch, als sie allein bleiben mußte. Mit welchem Genuß sie wirtschaftete! Nie habe ich einen Menschen erlebt, der das einfache Dasein mehr genießen konnte als sie. Mit welcher Freude und Appetitlichkeit sie sich den Genüssen des Lebens hingeben konnte. Immer proper, und man verstand vielleicht, was Goethe mit dem Dunstkreis meinen mochte, in dem man sich „satt weiden konnte". Und sie wußte, denke ich, dass es eine Gnade war, so beschaffen zu sein.

Einmal sagte sie mir in der letzten Zeit, als wir darauf zu sprechen kamen: „Und das alles muß mit mir enden." Wirklich, ewig schade.

Weihnachten. Sie, weiß beschürzt in der duftenden Küche. Auf dem Herd im ovalen Bräter der Karpfen in brauner Butter, daneben die schlesischen Weißwürste für Walterchen. Fühlte sich jemand im Haus an solchen Tagen einsam, hier war er willkommen. Früher, selbst erfahren. Sie spürte am Telefon, wenn mir nicht besonders war. „Setz dich auf's Rad und komm. Ich koch uns was." Leib und Seele sind eine Einheit, ein „per Tritt", wie sie es zu nennen pflegte. Ob das „Wasserpolnisch" ist?

Einmal im Jahr gab es Fleckessen. Beim Insterburger Fleischer wurde Fleck bestellt, eingeweicht, gespült und mit viel Suppengrün aufgesetzt und Ewigkeiten geköchelt, was nicht unbedingt geruchsfrei war. Dann aber verfeinert mit saurer Sahne und Kapern, herrlich. „Bring einen Topf mit, kannst was mitnehmen."

Ich denke, sie schöpfte ihre Lebenslust und Kraft aus der Kindheit in Tilsit. Sie müssen eine glückliche Familie gewesen sein. Wie gern sie davon erzählte! Von den Sonntagsausflügen nach Kuckerneese mit dem Dampfer, Wie der Vater zum Spaß der Kinder die Mutter fangen wollte. Die Mutter: „Emil! Was sollen die Kinder denken!"

Flucht, der Vater in Gefangenschaft viele Jahre, kann in den jungen Frauen, die ihn am Bahnhof in Empfang nehmen, kaum seine kleinen Mädchen wiedererkennen, und er möchte so gern wieder ein Kind haben. „Aber Emil was sollen die Kinder denken!" Das wurde dann zum geflügelten Wort. Und wie sie erzählen konnte! Ausführen! Alles sah man plastisch vor sich: den Strom, die Brücke, über die sie nach Übermemel zur Großmutter gingen und zum Einkaufen.

Aber ich muß aufhören, sonst komme ich noch ins Erzählen. Dies noch: bei einer Feier, auf der wir zufällig zusammentrafen, ereignete sich Folgendes: beim Verabschieden eines Gastes, stellte sie fest: „Herr Doktor, an ihrem Mantel sitzt ein Knopf lose. Darf ich Ihnen den annähen?" Schon hatte sie aus ihrer Handtasche das Notwendige herausgeholt und nähte den Knopf fachmännisch „mit Stiel", wie sie erläutert, an. Der Mensch ist gerührt und bedankt sich wie ein Kavalier bei ihr. Sie, errötend: „Doktorchen, dafür nähe ich noch einen zweiten an."

Alles was sie tat, hatte Hand und Fuß und jetzt ist Schluß. Sie ging schwer aus dem so geliebten Leben. Wenn etwas vollkommen überflüssig zu sein schien, sagte sie immer: „Das ist übrig wie der Dreck zu Pfingsten."

Wir mit Walter

Zu Hause trösten schon die Wände oder alles hat seine Zeit

„Zu Hause trösten schon die Wände", lautet ein Sprichwort der Russen. Ich bin zwar keiner, aber das kann ich sofort nachvollziehen. Das geht ganz und gar in meine Richtung. Wie gern kam und komme ich immer noch nach Hause. Manchmal verlasse ich es nur, um mit Erleichterung und Freude wiederzukommen: Hier ist man bei sich, hat keine Rolle zu spielen, man liegt im eigenen Bett und kann, wenn man will, rund um die Uhr Kaffee kochen. Toll. Wir, die sonst an allem leicht etwas zu nölen haben, legen uns unterwegs in das noch fast warme Bett des eben abgereisten Gastes, geben viel Geld für schlechtes Essen aus ..., genug genölt, es soll hier um die heimatlichen Wände gehen.

Als ich vor langer Zeit in der PAZ las, dass man nach zig Jahren zum ersten Mal wieder in das Königsberger Gebiet fahren kann, heute Kaliningrad, gehörte ich zu den Pionieren. Mit mir vollkommen fremden Menschen traf ich mich am Flughafen Hannover. Einer aus der Gruppe hatte Visa besorgt und auch Quartier, von dem aus es in die heimatlichen Orte gehen sollte.

Alles haute hin und eines morgens wurden drei von uns in der Stadt unserer Kindheit abgesetzt: früher Gerdauen, heute Schelesnodoroschnij, wieder übersetzt: Stadt der Eisenbahn, glaube ich. Eigentlich auch ganz schön. Unser Haus sollte nicht mehr stehen, hatte man uns erzählt, doch als wir vom schwarzen Weg herkommend in die Plewkastraße einbiegen, sehe ich, das Herz will mir zerspringen, es steht! Angeschlagen, unbewohnt, trotzt es der Zeit. Auch der Apfelbaum steht noch, auf dem ich mich zum Lesen versteckte. Jahrelang war das hier mein

Zuhause gewesen, hier hatten wir gespielt, wenn man halb erfroren nach Hause kam, hier wurden einem die Hände gerubbelt, bis sie anfingen zu kribbeln, hier wurde man satt, geliebt oder bestraft, je nach dem.

Es war das Haus, das alles zusammen hielt, darin der Herd mit seiner Wärme. Ich muß da rein! Mich überfällt es wie eine Besessenheit und schon renne ich über den Hof durch das Kraut. Vorn, wo früher die Veranda war, durch die man in das Haus kam, ist nun eine Art Beischlag für ein Schwein oder so. Da geht es nicht. Hinten also, wo die Tür verschlossen ist mit einem dicken Vorhängeschloß. Ich rufe, ich klopfe, ich trommle (wie Gerhard Schröder als junger Mann, der in seine Zukunft, in das Kanzleramt, wollte ich in meine Vergangenheit), da sehe ich, das Schloß ist nicht wirklich verschlossen, sondern nur eingehängt. Schon bin ich in der Küche, in der noch der Herd steht, die kleine Stube, wo wir Schimmerstunde hielten, dicht gedrängt um den kleinen Ofen, Spiele machten und uns was erzählten. Dann die „gute Stube", winzig auch sie, aber ich bin sofort zu Hause, könnte mir die Schürze umbinden und sofort zu wirtschaften anfangen. Wenn Häuser erzählen könnten!

Die nächsten dreißig Jahre in einem anderen Haus. Mitte des Lebens spielte hier. Voller Pokal. Genau so lange lebe ich nun in einem anderen allein und höre, das alte soll abgerissen werden. Seitdem ich das weiß, läßt es mir keine Ruhe, ich muß dahin! Wieder stehe ich vor verschlossener Tür, klingle, rufe, trommle. Einer der Arbeiter, die die wunderbaren alten Bäume fällen, hat Erbarmen und läßt mich rein und allein. Was spielt sich hier nicht alles ab! Fast zur Großfamilie geworden, wurde die Wohnung für alle Zentrum und Zuhause. Von der Arbeit, von der Schule kommend, hier in der Küche am Familientisch mit der Eckbank, klagte man seinen Kummer, erzählte, was man erlebt hatte. Pfadfinder rauchten hier ihre Friedenspfeife und tranken aromatisierten Tee, was damals modern wurde. Wir wollten auch modern sein, schafften uns auf Raten Nierentisch und Cocktailsessel an, das springende Pferd an der Wand. Hier wurde der Teppich aufgerollt, wenn Freunde kamen und mit Pfennigabsätzen der Balatumfußboden beim Kriminaltango zerhackt. Mein Polnisches Frühstück wurde legendär, das ich einführte. Die Tilsiterin, die daran teilnahm, dichtete das Bibelzitat um und behauptete „... und wenn es köstlich gewesen ist, so hat es geschmeckt." Alles war ganz nah und ganz dicht. Der Doktor kam noch nachts mit seiner Tasche, um nach den kranken Kindern zu sehen und trank auch mal von dem bewußten Tee. Schwer und schön, und einer ging die Treppe hinunter, um nicht mehr wiederzukommen. Ich gehe von Raum zu Raum, fasse die Drücker an, öffne und schließe die Türen. Der wunderbare Baum, der unten gefällt liegt, erfüllte im Sommer die Küche mit grünem Licht. Wenn der Säugling brüllte, schob ich ihn ans Fenster und sofort war Ruhe im Karton, wenn er in die flirrenden, durchsonnten Blätter sah. Aber auch Säuglinge werden alt und ziehen in eigene Häuser. Ich sehe mich noch einmal um und mein Blick fällt auf eine Uhr, die der letzte Bewohner, außer einigen anderen Sachen, dagelassen hat. Sie hängt zwischen den beiden Fenstern im Wohnzimmer, und man glaubt es nicht, sie zeigt: fünf vor zwölf.

Den letzten Satz der Lebenssymphonie ist man wieder allein und bedarf mehr als je tröstender Wände.

Ist es wahr, dass Reisen bildet? Wenn ja, wohin? Am Bahnhof steht der Reisebus, der nach Rom fahren wird. In der offenen Tür steht eine der Reisenden und fragt die Reiseleiterin, die draußen ungeduldig nach dem letzten noch fehlenden Gast Ausschau hält: „Wie lange fahren wir bis Paris?" „Paris? Wir fahren nach Rom." „Rom? Ach, Rom ist auch ganz schön", sagt sie und lacht.

Für uns war früher die freie Zeit das Schönste überhaupt. Die Arbeiterinnen in der Fabrik sagten am Montag: „Ist der Montag erst rum, ist die Woche gelaufen." So freute man sich auf das freie Wochenende, daß man die Zeit dazwischen verschenkte. Wie als Kind auf die Ferien, ohne dass es irgendwohin ging, war man selig, von allen Zwängen frei zu sein, sich beim Spielen zu vergessen, um halbverhungert anzukommen, durch die Veranda zu gehen und bei sich zu sein.

Ich habe eine Einladung bekommen, die ich nicht absagen kann. Ach wär ich nur schon zurück.

Am Sandkamp

An einem Sonntagmorgen
(noch im Bett)

Ich habe keine Lust!
Soll es doch laufen,
Wie es läuft.
Ich will nicht immer Mutter sein!

Ich möchte mich mal tragen lassen,
Mal unterhalten sein.
Doch soll die Unterhaltung,
Nicht und unter *Haltung* stehn.

Heut könnt ich mich besaufen,
Ja, und umarmt möcht ich gern auch mal sein.
Stattdessen steh' ich auf
Und nehme die Forderung des Tages an:

Putze Gemüse, brate das Fleisch,
Stelle den Handgerührten in den Ofen
Und mich auf die anderen ein.
„O what a wunderful morning."

1965

Narziß

Es gibt Tage,
Da haut alles hin.
„Stimmig" nennt man das heute.
Liegt es am Hoch Oskar,
Daß du dir schon morgens die weiße Hose anziehst?
Die Leinenbluse,
Gekauft vor zehn Jahren in Brüssel,
Paßt eigentlich immer noch ganz gut.
Und weil in diesem Sommer
Die Farbe Grün in Mode ist,
Hängst du dir die türkisfarbene Kette
Von der seligen Kaschubin um.
Toll die Alte,
Die sich jetzt auf dem Flur
Im Spiegel besieht
Ehe sie das Haus verläßt:
Die Hose umkrempeln?
Oder nicht?
Sieht man die Besenreiser?
Oder nicht?
Geht so.
Und weil du heute
Absolut keinen Bock
Auf Altenheimbesuche hast,
Nicht auf Nachtstühle neben dem Bett,
Rollatoren, Rollstühle, Gehhilfen aller Art,
Nicht auf Toilettenhochsitze,
Und weil du heute an einem alten Menschen,
Der du selber bist,
Genug hast,
Schwingst du dich auf deinen Holländer

Und machst dich in die Felder.
Vielleicht triffst du Dürers Hasen.
Auch der ist in diesem Jahr modern.
Dank moderner Optiker,
Hörakustiker,
Siehst du den Reiher im Schilf,
Die Schwäne am Ufer,
Die Rehe im Getreide.
Vogel- und Froschkonzert
War nie penetranter.
Um die Ostpreußische Sattelnase
Vor Sonnenbrand zu schützen,
Hast du den Augenschirm
Schräg/flott in Stellung gebracht.
So fährst du
Talkend mit dir allone
Ohne Handytelefon
Durch den Sonntagmorgen.
Und morgen,
Weil jeder Tag seine Aufgabe haben muß,
Wirst du nach grünen Schuhen suchen.
Und übermorgen
Dich gestärkt
Zu Heimbesuchen aufmachen.
Aber heute! Heute in sich beseeligendes Glücksgefühl
Im Herzen mit einer nicht ganz schließenden Klappe.

Was man nicht kennt, vermißt man nicht

Schwer mit den Schätzen des Herbstes beladen komme ich nach Hause. Der Korb hinten auf dem Rad ist voll bis obenhin. Von einem Kürbisstand mit Selbstbedienung auf dem Lande habe ich mir einen Hokkaido mitgebracht. Kannten wir früher nicht, aber für Eintopf und Püree ist er hervorragend. Und Äpfel natürlich, die ich unter verschiedenen Bäumen aufgelesen habe, denn in der Nacht hat es tüchtig geweht. Also reiche Ernte.

Vor dem Haus steht eine Nachbarin und klagt, dass der Sommer vorüber ist und sie darunter leidet. Herbst-Blues. Kenne ich von früher auch. Meine Einstellung zu den Jahreszeiten kam erst mit dem Alter und ich habe gelernt, dass eben „alles seine Zeit hat". Ich werde sie zu Apfelkuchen einladen, nehme ich mir vor und erzähle ihr, wie ich dieser Stimmung begegne. Nämlich so, sage ich, deute auf den vollen Korb und rate zu einer Radtour, ob mit oder ohne Kürbis.

Ich muss immer raus, das ist mir zur zweiten Natur geworden. Gerade jetzt, wo der Herbst „... der stille Rotfuchs, seine Mähne kraut ...", wie es in dem wunderbaren Herbstgedicht von Jessenin heißt. Wundervolle Laubtönung in herbstlicher Sonne: Indian summer vor unserer Tür. Und wie. Da braucht kein Mensch nach Kanada zu reisen, dazu noch die Strapazen! Also raus, es lohnt sich, die Schwermut aufs Rad zu setzen und auszulüften.

Ganz durch Zufall sah ich auf dem Kalender, es ist Erntedankfest. Noch niemals ist so wenig darauf hingewiesen worden wie in diesem Jahr, will mir scheinen. Nicht einmal auf dem Lande wird gefeiert. Liegt es daran, dass das Gefühl für den Wert dessen, was der Mensch zum Leben notwendig braucht, verlorengegangen ist? Brot zum Beispiel. Was wurde das früher mit Ehrfurcht behandelt. „Unser täglich Brot gib uns heute" war keine leere Redensart. Brot musste verdient werden. Heute liegen oft ganze Brote in der schwarzen Tonne, ebenso Gemüse und Obst. Ist nur ein Stück in einer Packung nicht ganz in Ordnung, weg damit, das ganze Paket.

Während des Krieges gab es in der Schule für jedes Kind in der großen Pause ein Stück Wruke, Mohrrübe oder Kohlrabi, je nach Jahreszeit. Wahrscheinlich, um für notwendige Vitamine zu sorgen oder so. Viele mochten das nicht und verschenkten ihren Anteil deshalb. Ich freute mich über jedes Extrastück und habe heute noch den Geschmack davon auf der Zunge: zum mitgebrachten Brot der Biss in das rohe Gemüse.

Ich finde es sehr schade, dass die nachfolgenden Generationen nicht mehr den Bezug zu den Früchten der Erde erfahren haben, ihren Geruchs- und Geschmackssinn darin schulen konnten. Ein Armutszeugnis. Der betörende Duft einer überreifen Birne könnte einen zum Schnüffler werden lassen. Der ganze Sommer liegt darin!

Es ist alles so rasend schnell gegangen. Der Bauer düst jetzt allein mit seinen Riesenfahrzeugen an einem vorüber, hinten auf seinem Anhänger den schon auf dem Feld fertig geschroteten Mais für die Silage oder für „umweltfreundliche Energie" geladen. Es gibt keine Getreidefelder mehr, hier jedenfalls nicht; keine Erntekrone, die dem Gutsherrn dargebracht werden muß und auch keinen Tanz mit dem Gesinde mehr auf der Diele. Keine muß mehr der Herrin die Hand küssen, die den Schlüssel für die Vorratskammer in das Schlüsselkörbchen legt. Das ist auch in Ordnung so, wer will denn immer kriechen. Dennoch täte Dank für die Ernte not, auch wenn vieles fragwürdig erscheint.

Ich bin immer noch tief dankbar dafür, dass es Menschen gibt, die alles am Laufen halten, die Regale einräumen, die an der Kasse sitzen und bei den ewigen Pieptönen nicht die Geduld verlieren und meintwegen bräuchten sie nicht auch noch „schönen Tag noch" wünschen. Kam aus Amerika, „nice day", denn die Wissenschaft hat festgestellt, der Mensch trennt sich eher vom Geld, wünscht man ihm einen guten Tag.

Auch daß es Menschen gibt, die andere pflegen, die für Ordnung sorgen und daß überhaupt alles bei uns relativ gut funktioniert und daß am ersten des Monats die Rente auf dem Konto ist, finde ich toll und ich kann mich frei bewegen und äußern. Alles nicht selbstverständlich, wie ich aus Erfahrung weiß.

Morgen hole ich den Kürbis vom Stand, den ich zum Einmachen brauche. Eigentlich wollte ich nicht mehr, aber je näher die Zeit kommt, desto öfter die Anfrage: „Machst du wieder?" Das Rezept ist schon seit mehr als hundert Jahren in der Familie und der Geschmack ist wirklich unübertrefflich. Die Stücke erinnern an durchsichtigen Bernstein und er passt einfach zu allem.

Noch niemals gab es so viele Feste wie in der heutigen Zeit. Ständig ist etwas los: Weinfeste, Stadtfeste, Straßenfeste ohne Ende und heute ist der Tag der Deutschen Einheit. Vielleicht sollte man beide Feste zusammenlegen, denn auch da wird jetzt die Ernte eingefahren und ich bin so froh, dass ich den Mauerfall noch erleben durfte. Also auch dafür Dank.

Hier das Kürbisrezept, wenn jemand es nachkochen möchte.

2 Kilo Kürbisfleisch
1/2 l Wasser
1/2 l Weißweinessig
1 Kilo Zucker
1 Stück Ingwer
1 Zimtstange
Saft und Schale einer Zitrone

Essig und Wasser aufkochen, über die Kürbiswürfel geben und mindestens 12 Stunden ziehen lassen. Abgießen, die Essiglösung mit dem Zucker und den Gewürzen aufkochen und die Stücke portionsweise darin glasig kochen. Alle Stücke zurück in die Lösung geben und noch 3 Tage ziehen lassen. Mit dem Schaumlöffel herausnehmen und in Gläser füllen. Die Lösung aufkochen und über den Kürbis gießen. Deckel drauf und fertig.

Tipp: Die Lösung eignet sich ebensogut für Äpfel und Birnen.

Nach Hause kommen

Ich öffne die Tür
Und trete ein.
Wie laut ist plötzlich die Stille!

In mir ist etwas von
„Gelassen steigt die Nacht ans Land"
Gelassenheit ist heute alles.

Vorüber die Zeit,
In der ich aufbegehrte.
Vielleicht hält ein künstliches Herz mehr aus.

Ich habe gelernt,
mich zu bescheiden.
Ich liebe das Wort Wirtschaftswachstum nicht.

Mehr als Expansion
Liegt mir die Einschränkung.
Wie leicht wird plötzlich das Leben!

Nimm drei, bezahl zwei

Angebot des Tages: nimm drei, bezahl zwei. Doch ich benötige nur eine neue Zahnbürste und entscheide mich für die teurere Lösung und nehme nur eine. Nun wieder die Qual der Wahl. In unzähligen Variationen eines solch eindeutigen Gegenstandes gilt es sich zu entscheiden: mit Gelenk im Stiel, mit harten, weichen, mittel starken Borsten, an der Spitze verstärkt und und, von den vielen verschiedenen Farben ganz zu schweigen. Alle eingeschweißt, besetzen sie ein fast drei Meter langes Regal.

Im Tagebuch von Klemperer lese ich, „Befehl beim Kauf einer neuen Zahnbürste, die alte abzuliefern. Klorollen, so vorhanden, werden nur einzeln abgegeben." Dabei hatte man sich gerade an sie gewöhnt. Beim Kauf von Haarnadeln, damals noch geläufig, war ein Bezugschein für Eisen abzugeben. (Vielleicht war die Antwort der Frauen darauf, sich die alten Zöpfe abschneiden und die flotten Bubiköpfe verpassen zu lassen.) Heute kann man kiloweise Haarnadeln erstehen und für drei Packungen Klopapier, je zehn Rollen, braucht man nur zwei Packungen bezahlen. Mit und ohne Duft werden sie angeboten.

Weiter lese ich über den Mangel an Lebensmitteln. Kenne ich. Brot! Es fehlte immer und sich satt essen, gar nicht so leicht. Da war es gut, daß die Mutter nicht rauchte und ihre Rauchmarken gegen welche für Brot tauschen konnte. Heute wundert es mich, dass Rauchen überhaupt erlaubt war, zumal der große Führer Nichtraucher war.

Vielleicht war das ja auch Kalkül. Alle waren wir Hungerleider, ausgezehrt mit prallen Bäuchen, die man Kartoffelbauch nannte. Die Röcke wurden dadurch vorne kürzer als an den Seiten. Das gewünschte Idealgewicht von heute 52 Kilo, war damals nicht schwer zu halten. Und immer diese Gier nach Essen, immer dieses unwürdige Suchen danach und „Mundraub" begehend. Und niemals war man richtig satt. All das kommt mir in dieser Zeit der Überfülle in den Sinn, während ich zwischen den endlos hohen Regalen entlang wandere. Und immer wieder das Gebot der Stunde zu nutzen: nimm drei, bezahl zwei.

Ich erinnere mich, dass die Frauen während des Krieges zwei Herrenhüte bei der Hutmacherin abgeben konnten und dafür einen Damenhut machen lassen konnten. Weil die Männer Stahlhelme statt Hüte trugen, wurde das möglich. So entstanden interessante Neuschöpfungen: brauner Rand am beigen Kopf, grau mit schwarz kombiniert. Auch während dieser Notzeit verstanden es Frauen, sich zu schmücken und toll auszusehen und aus manch einem Herrenanzug wurde ein schickes Kostüm. Wie erfinderisch der Mensch werden kann in Notzeiten, da wird jeder zum Künstler und Genie. Und die Schuhe erst! Korkschuhe mit Keilabsätzen waren große Mode und weil es an Kork fehlte, wurde Holz verwendet, in das ein korkähnliches Muster gebrannt wurde. Als Obermaterial schwarzer Stoff, hinten offen, ganz ganz elegant sah das aus. Tolle Idee.

Dann, zu Beginn des Krieges, kamen die Kraft-durch-Freude-Fahrten auf. KdF genannt. Der einfache Mensch sollte auch mal in den Genuß des Reisens kommen, sich mal verwöhnen lassen, etwas vom schönen Vaterland sehen. Aber solche Neuerungen drangen bis zu uns nicht vor. Außer dem Pflichtspaziergang am Sonntagnachmittag, war einfacher Müßiggang undenkbar. Das gleich um die Ecke die Heilige Linde zu erreichen gewesen wäre, zu der heute Tausende pilgern, erfuhren wir erst nach der Flucht. Und wie nah die Masurischen Seen lagen, auf denen die weiße Flotte fuhr, auch das erfuhr und befuhr ich erst später. Vieles, was heute als selbstverständlich gilt, bezahlte man früher mit schlechtem Gewissen. „Hast du nichts anderes zu tun", wurde vorwurfsvoll gefragt, wenn man sich irgendwohin verkrochen hatte, um zu lesen. Das höre ich heute noch und irgendwo hat sich die Mahnung erhalten.

Auf nichts wurden wir vorbereitet, weder auf den Mangel noch auf den Überfluß. Immer ist man „Volk", wie Oma zu sagen pflegte, und denen „da oben" ausgeliefert. Welch ein Glück, daß ich das nicht weiter sagte, denn das hätte böse enden können.

Wie glücklich wäre man gewesen, hätte die Verkäuferin an der Fleischtheke gefragt: „Darf es etwas mehr sein?" Kein Mensch kann sich heute mehr vorstellen, wie groß die Not war. In den langen Regalen kann man sich mit mehr als etwas mehr bedienen und das bis 24 Uhr.

Bis um Mitternacht gibt es frische Brötchen und Brot, auch hiervon in allen Variationen. Es könnte einem wie dem berühmten Esel gehen, der verhungerte, weil er sich nicht zwischen zwei Heuhaufen entscheiden konnte. Und wir sind hunderten von Heuhaufen ausgesetzt.

Mensch, haben wir das gut, sage ich zu meinen Leuten, die sich auf's Klagen verstehen. Ich will gar keine Traumreise machen, ich will nur, einfach noch lernen, ohne schlechtes Gewissen zu jeder Zeit lesen zu können, spazieren zu gehen. Das ist nicht so leicht, wie man sich das denken mag.

Die Rastenburgerin erzählte, daß ihre Kinder mit den Enkeln in den Ferien in Griechenland waren, Traumreise. Wie es denn war, will die Oma wissen von den Enkeln. Nicht so besonders, hört sie, es hätte keine „Animation" gegeben. „Na, was sagste nun", fragt sie. Wir spielten in dem Alter „Wir fahren nach Jerusalem und wer kommt

mit?" oder „Ich bin die Tante aus Paris mit wunderschö-
nen Sachen". Träume von Paris und Jerusalem. Siebzig
Jahre ist das her und alles noch so parat im Kopf. Wir
wundern uns gemeinsam, dass wir alles überlebt haben
und eigentlich ist es ja auch ganz schön, dass sich die
Buntheit des Lebens bis in die Zahnbürste hinein fort-
setzt, blau oder grün, das ist hier die Frage. Welche Farbe
paßt am besten zu den Kacheln im Badezimmer. Das sind
die Sorgen, die der Mensch von heute hat. Natürlich nicht
nur, aber alles, alles ist besser als Krieg.

Eros und Geschlecht

Aus einer Äußerung, vor einem Jahr getan, entwickelt sich ein Thema so übergreifend, wie aus einem Sommerwölkchen ein gewaltiges Gewitter entstehen kann. Kaum eine Zeitung läßt es aus, auch ganz seriöse nicht. Wie ist das möglich, fragt man sich. Vielleicht, weil es einen Punkt trifft, etwas im Menschen berührt, was ungeklärt durch alle Zeiten geistert und schon längst hätte zum Hauptthema erhoben werden müssen. Wie es heute üblich, folgt eine Talkrunde der anderen zu dem Thema, oft auf mehreren Kanälen gleichzeitig. Jeder gibt seinen Senf dazu, mehr oder weniger informiert. Aus einem Furz wurde ein Donnerschlag, der selbst Eingeschlafene wieder munter macht.

Auch wir Alten haben zu dem Thema, was zu sagen, ja, wir erst recht, wir, die wir gewiss uns geschmeichelt gefühlt hätten, wenn jemand Vorgesetztes unseren Bluseninhalt lobend erwähnt hätte. Eigentlich fragt man sich angesichts der ausufernden Berichterstattung ja, haben wir denn sonst keine Sorgen? Anscheinend nicht, außerdem kommen da überall alte Rudimente hoch und wollen gehört werden. Wie sehr verkorkst wir waren, wird einem erst bewusst, wenn man seine Aufmerksamkeit darauf richtet: Was wußten wir von Liebe oder gar von Sexualität? Die erste Talkrunde zum Thema Eros und Geschlecht betreffend fand wohl, wenn man Platon glauben darf, zu seiner Zeit statt, im von ihm beschriebenen Gastmahl. Die damaligen Geistesgrößen, darunter Sokrates und Aghaton, aber auch schon eine Frau, Diotima, trafen sich zum Symposion und, nachdem sie liegend gespeist, von Knaben bedient, werden sie beim Umtrunk über das Thema Eros talken.

Ursprünglich soll es drei Geschlechter gegeben haben, eines darunter Frau/Mann, dann noch die gleichgeschlechtlichen. Die Leute wurden so übermütig, daß die Götter einschreiten mußten, wenn sie selbst nicht in Bedrängnis geraten wollten und so wurden sie geteilt. Seit dem irrt alles durcheinander und sucht seine Hälfte. Ob der Ausdruck „meine bessere Hälfte" daher stammt? Jedenfalls, manchmal haut es hin und manchmal eben nicht. Wissen wir.

Ob Sokrates Diotima, die in der Herrenrunde unsere Seite vertritt, sagen würde, daß sie ihr Gewand zu wenig ausfüllt? Auch der Talk hat sich abgetakelt. Das fängt ja schon bei Adam und Eva, bei Eva und Adam natürlich, an. Wäre es nicht besser gewesen, sie hätten vor dem Sündenfall (was war das überhaupt?) ihren Acker im Schweiße des Angesichts bestellen sollen, um nicht auf dumme Gedanken zu kommen? Und was heißt „er erkannte sie". Nichts Genaues weiß man nicht, aber wir tun so als ob.

Die 95-jährige, auch aufgeschreckt, erinnert sich: „Durch den Krieg wurde ich zu einem ‚späten Mädchen'. Mein Verlobter war gefallen. Eigentlich blieb man früher über das Grab hinaus treu. Durch das Zusammensein mit anderen Rote-Kreuz-Schwestern, die wir damals zum Einsatz kamen, lernte ich erstmal etwas ganz anderes kennen. Christine, die mit mir in einem Zimmer schlief, hatte oft solch lockere Sprüche parat, die mich verlegen machten. Ich war ziemlich naiv und als mir einmal einer der Ärzte, den ich gern hatte, bei der morgendlichen Begrüßung beim Händedruck einen seiner Finger in meiner Handfläche rieb, wußte ich gar nicht, was das heißen sollte und strahlte ihn nur an. Christine wußte das natürlich. Gott war mir das im Nachhinein genant. So kam es, dass ich erst mit neunundvierzig heiratete. Einen Mann, der, als er aus der Kriegsgefangenschaft kam, auf einen Nebenbuhler stieß. Vier Kinder waren da und irgendwie tat er mir auch leid. Danach das Erwachen. Zu wenig Holz vor der Tür! Ich dachte, durch die Ehe würde mir der Busen wachsen." Niemals hatte sie, so erzählte sie, ihre Mutter oder Großmutter mal nackt gesehen, nicht einmal im Hemd. Die Kinder durften erst aufstehen, wenn die Kaffeemühle gedreht wurde. Dann war Mutter fix und fertig angezogen.

Das alles kennt unsere ganze Generation, wenn sie nicht zu den Kreisen gehörte, die damals der Freikörperkultur huldigten, turnten oder tanzten. „Was machst du mit dem Knie, lieber Hans, beim Tanz..." war auch so etwas, worüber man ins Grübeln kommen konnte.

In den fünfziger Jahren erschien das Buch „Deine Frau, das unbekannte Wesen" und brachte etwas in den Menschen zum Rumoren. Den Gipfel aber brachte „Lady Chatterley" von D. H. Lawrence. Jeder las es, jeder versteckte es vor den Kindern unten im Schrank, wo das Doktorbuch stand, in dem sich die heranwachsenden Kinder heimlich die Bilder ansahen. Das ungeborene Kind im Mutterleib. Querschnitt, seitlich gesehen! Sensation, das anderen Kindern mitteilen zu können. Alles versteckt, alles Geheimhaltung.

Die Rastenburgerin über ihre Aufklärung: „Ich bekam meine Periode schon ziemlich früh mit zwölf. O mein Gott, was war das denn! Hatte ich vielleicht eine Angst, das meiner Mutter zu sagen. Omchen klärte mich auf und sagte, jetzt sei ich eine Frau. Mit zwölf. Man glaubt es nicht." Mir erging es so, daß ich mich manchmal wunderte, wenn im Eimer irgendwelche Baumwollstücke weichten, die nach der großen Wäsche aufgereiht an der Leine hingen. Vorn und hinten etwas verdünnt, mit einem Knopfloch versehen und dazwischen ein etwas verdicktes Stück. „Mutti, was ist das?" Meine Mutter, verlegen:

„Söckchen." Söckchen? Wie sollte das denn gehen, wie passen die in die Schuhe? Das erfuhr ich mit vierzehn, wozu man die braucht, auch ohne Erklärung. Muß man sich nicht an den Kopf fassen, um das zu verstehen? Aber worüber ich mir auch an den Kopf fassen muß, ich machte es nicht besser mit meinen Kindern und wäre wohl auch heute noch verlegen.

Nichts, überhaupt nichts hatte man gewußt und auch die Männer nicht. Alles nur gespielt und so getan als ob. Dabei wäre manches noch zu retten gewesen, wenn wir nicht so verklemmt gewesen wären. Klar, man hatte etwas geahnt, aber immer mit Unbehagen.

In einer Biographie der Frieda von Richthofen, später die Figur der Lady Chatterley, wird geschildert, wie sie als Neuvermählte in der Stadt ankamen, wo der junge Ehemann seinen Posten bei der Universität antreten würde. Er liebt sie sehr und sie ihn auch. Beide unerfahren, gerät die Hochzeitsnacht zum Debakel. Sie tief enttäuscht und er „schläft" danach. Auch dies, wer kennt das nicht aus unserer Generation.

Viktor Klemperer, bei einem Gang mit seiner Mutter, vierzehnjährig: „Mutter, was heißt schwanger?" Die Mutter: „*Du* musst nicht so viel fragen." Er, tief beschämt: „Ach so, ich weiß schon."

Elias Cannetti, der seine Eltern verehrt und liebt, wird durch einen Klassenkameraden aufgeklärt. Der Vater würde wie der Hahn auf der Henne „rumschustern". Der Knabe bekommt einen Tobsuchtsanfall und es kommt zur Schlägerei. Der Mutter davon berichtend, sagt sie ihm: „Das willst du noch gar nicht wissen." Thema beendet und vielleicht ist es erklärlich, daß dieses Thema für ihn tabu blieb. Allerdings berichtet sein Biograph, daß er in späteren Jahren, verheiratet, auf dem Gebiet der Sexualität unersättlich war. Hatte das eine mit dem anderen zu tun?

Da lobe ich mir doch Bert Brecht, der es vielleicht wußte, wann man sich einfach „hinlegen muß" und wann nicht, und einfach nur nein sagen kann. Verbal zumindest. Als ob das alles so einfach wäre. In der Lady Chatterley geht es um den Unterschied zwischen warmherziger und kaltherziger Geschlechtlichkeit zwischen Mann und Frau.

Rita, seit fünfzehn Jahren Witwe, vier Kinder: „Es wären bestimmt noch mehr gekommen, wenn damals nicht die Pille aufgekommen wäre." Damals kamen die amerikanischen Filme zu uns rüber, mit den gutaussehenden Männern, Maßanzüge, in der einen Hand die Zigarette, in der anderen das Whiskyglas, was sofort imitiert wurde. Mehr oder weniger natürlich. Peter van Eyk lag so in ihrer Richtung. War natürlich Illusion und dann „Er war immer gleich so direkt, gleich an die Brust oder unter den Rock gefasst." Kein Wunder, daß die Frauen begannen, Hosen zu tragen. Er wußte es einfach nicht besser und die Lady war kein Lesestoff für einen charmanten Womenizer, für den er sich hielt. Gott, war das alles schlimm. Aber wer wird schon „Meister in Liebesdingen", wie es im Gastmahl heißt.

„Du findest nie einen", sagte die Tilsiterin zur Freundin, „wer ist schon um sechs Uhr früh unterwegs auf dem Weg zur Arbeit, auch wenn der Bus an der Universität hält." Ja, wer weiß schon, wo der geht, der einen geliebt hätte.

Und diese unerträglichen Witze über das Geschlechtsleben. Schon das Wort Geschlecht auszusprechen, bereitet einem alten Menschen Unbehagen und schon gar das „schöne Geschlecht", das Holz vor der Tür haben sollte. Die Operetten, die früher gespielt wurden, verstärkten nur noch das Frauenbild, was den Männern im Kopf spukte: „Mausi, süß warst du heute nacht..." Süß sollte sie sein. Also spielte sie süß und immer schön die ehelichen Pflichten erfüllen. Zwänge, Zwänge, die bis heute halten, denn warum steht Jahrzehnte nach dem Tod des Ehemannes immer noch sein leeres Bett neben dem der Witwe? Die Enkel sind längst erwachsen und kommen nicht mehr zum Übernachten zur Oma, die fragen nach dem Discobesuch ihren Partner oder Partnerin „Gehen wir zu mir oder zu dir?"

Simone de Beauvoir, die zu den Frauen gehörte, die auf die Straße gingen und lauthals verkündeten „Wir haben abgetrieben", entfesselten eine Revolution. Aufbruch überall. Es entstand „Das andere Geschlecht". Doch überzeugen kann sie einen auch nicht mit ihrem eigenen Liebesleben, zu dem eine ganze Gruppe von Beteiligten gehörte. An erster Stelle natürlich Sartre, dem sie auch Frauen zuführt, darunter Schülerinnen von ihr, und die sie auch zum Teil mit ins Bett nimmt. Davon verstehen wir nichts und wollen es auch gar nicht. Was natürlich toll ist, ein kluger Kopf! Die alte Katja sagte: „Ich wollte gar keinen Mann heiraten und habe meine Freundinnen auch nie darum beneidet. Was ich aber immer gerne tat, mich mit ihnen unterhalten." Was Sartre auf Frauen anziehend machte, war ganz bestimmt nicht sein Äußeres, es war einfach sein Intellekt, der so auf sie wirkte. Wahrscheinlich auch ein „Zungendrescher", wie es von Luther heißt und ob der seine Katharina glücklich machte, weiß man auch nicht so genau; und der alte Goethe brauchte zum Talken auch die Damen der Gesellschaft, für das Alltägliche sollte es eine Vulpius sein. Und diese Ausrutscher der alten Herren im Alter sich noch eine Junge auszumachen! Das macht direkt Schule. Gut, gut. Verkorkste Zeit, Lebenszeit.

Wie wuchsen wir denn auf. Literatur, kindgerecht. Weihnachten einen Band, zum Geburtstag wieder einen.

Als Mädchen gab es natürlich „Trotzköpfchen". Erst ist sie Kind, dann Backfisch, dann wird sie Frau, dann Mutter. Aber wie sie das wird, erfährt man nicht. Immer derselbe geheimnisumwitterte Zustand, in der großen und in der kleinen Literatur. Je erwachsener man wurde, kamen andere Bücher. Effi Briest, die unglücklich endet, weil sie, fast noch ein Kind, dem Willen ihrer Eltern folgt und den Jugendfreund der Mutter heiratet, läßt sich in der Ehe verführen und kommt geächtet zum Sterben nach Hause. „Ach Luise, ein weites Feld ...", sagt der Vater zu seiner Frau, der leider der Heirat zugestimmt hatte. Mensch, haben wir das gut heute, wir haben Hosen an und brauchen uns nicht mehr wie die großen Liebenden unter den Zug zu werfen, siehe Anna Karenina oder zu vergiften wie Madame Bovary. Wir haben unsere eigene Rente und keiner mußte für uns Mitgift zahlen, damit wir genommen werden. Die Meister haben es nicht verstanden, ihre Frauen glücklich zu machen, nicht einmal die, die so einfach gestrickt waren wie Toni Buddenbrook. Die mit Morten, dem Sohn des Lotsenkapitäns bestimmt glücklich geworden wäre. Nein, sie muß den Grünlich heiraten, diesen Schlawiner, der es nur auf ihre Mitgift abgesehen hatte. „Nehmen Sie doch Honig", pflegte sie beim Frühstück zu einem Gast zu sagen „das ist ein Naturprodukt. Da weiß man doch, was man verschluckt." Das war ihr als Ausspruch geblieben, ein Leben lang, und ob sie ihn im Alter noch in Verbindung mit ihrer Jugendliebe brachte, weiß man nicht.

Was das hier alles soll? Weiß ich auch nicht so recht, vielleicht, dass wir immer noch nichts begriffen haben von echter Emanzipation. Was heißt das überhaupt? Mir erscheint die ganze Busengeschichte irgendwie kindlich, letztendlich ist er die Nahrungsquelle für Kinder und nicht für alte Männer, oder nicht? Sind sie denn noch so unterentwickelt, dass sie dessen bedürfen? Hat das mit Mutterfixierung zu tun? Sollte mal als Thema einer Talkrunde diskutiert werden.

Frühling in der Stadt

Vor blau zerrissenem Himmel
Blüht das Filigran der Kräne.
Das monotone Geräusch des Rasenmähers
Tötet die ersten Blumen.

Das zweirädrige Vieh wird aus dem Stall
Auf die Straße getrieben.
Beschwingt komme ich mit dem Sonderangebot
Aus dem Einkaufscenter.

Durch das Abgas-Gras-Gemisch
Rieche ich ihn:
Frühling –
Frühling in der Stadt.

3 alte Frauen (4)

„Ich glaube, meine Tage sind gezählt", höre ich am Telefon und das schon seit mehr als zehn Jahren. Sie davon abzubringen, ist anstrengend und ständig den Animateur für das Leben zu machen, nicht leicht. Die neue Waschmaschine will nicht so recht, höre ich weiter und sie wäscht mit der Hand. Warum? Sie wäscht auch nicht sauber genug und „wenn ich im Becken nachspüle, bleibt das Wasser nicht klar." Geduld mein Herz, Geduld. „Ich komme", sage ich. Ahne schon, es wird nicht an der Maschine liegen. Ist auch nicht leicht, sich an die Elektronik der neuen Geräte zu gewöhnen. Was natürlich praktisch ist, ich sehe an der Zeitangabe, wann ich wiederkommen muß und der Waschgang beendet ist. Mir geht es ähnlich und kann deshalb vermitteln, das alles ist nicht schlimm und hat mit dem Alter wenig zu tun. Also, bis später –

Weil ich nun mal im Zuge bin, am nächsten Tag ins Heim. Gleicher Jahrgang wie die „gezählten Tage". Ich komme etwas zu früh. Die Herrschaften sind noch beim Kaffeesieren. Mein zerbrochenes Etwas im Rollstuhl reicht mit ihrem Kinn kaum bis zur Tischkante, reckt sich aber sofort hoch, als sie mich sieht, und ruft mir zu: „Meine Tür oben ist offen." Weil ich aber nicht allein in ihrem Zimmer sein möchte, setze ich mich oben in die Nähe des Fahrstuhls und werde da auf sie warten.

Das Haus ist umgebaut worden. Es sind schöne Ecken entstanden, in denen die Fenster bis auf den Fußboden reichen, Sitzgruppen und große Topfpflanzen stehen davor. Draußen vor den Fenstern in goldener Sonne der Herbst in seinen zauberhaften Farben, für die hier kein Mensch ein Auge hat: ein Kreislauf, der für nichts anderes offen ist.

Von meinem Platz sehe ich in einen Eßraum, der wohl den Kränkeren vorbehalten ist, denn ganz oben, weiß ich, sind die schwersten Fälle. Jetzt geht die Fahrstuhltür auf und, nein, es ist nicht die Erwartete, ein Rollstuhl wird von einer Schwester herausgeschoben, die einen zweiten hinter sich herzieht. In dem einen liegt ein Menschenwesen, nicht zu beschreiben, aus dem zweiten wird mir zugewunken. Ich winke zurück. Die Gruppe verschwindet im Essraum und schon ist die Schwester zurück und kommt nach kurzer Zeit aus einer anderen Tür mit noch einem Kranken. Sie ist jung und flott, aber alles wie in einem Stummfilm. Es fällt kein Wort. Meine kommt und kommt nicht. Allmählich überkommt mich eine Art von Lähmung und ich sehe alles wie im Traum: die Handläufer an den Wänden, die breiten Korridore, die Bilder und Zahlen an den einzelnen Zimmertüren, alles licht und hell. Fast schlafe ich ein. „Ich komme aus einer Zeit, da trugen die Damen noch Röcke und die Kühe Hörner", werde ich in die Wirklichkeit zurückgeholt. Ein älterer Herr mit Gehwagen setzt sich zu mir und ich sage: „Die kenne ich auch noch." Liegt es an der Luft oder an der ganzen Atmosphäre? Ich raffe mich auf und fahre runter. Von meiner Guten weit und breit nichts zu sehen. Ich frage und höre, es gibt einen zweiten Fahrstuhl im Haus. Ich saß vor dem falschen.

Im Zimmer freut sich jemand sehr über meinen Besuch und ich staune jedesmal, wieviel Energie in ihr steckt. Ich stelle mich auf sie ein, freue mich über ihre Antworten auf meine Fragen. Es gab ein Familientreffen. Der Sohn hatte das arrangiert. Taxi mit Möglichkeit zur Rollstuhlbeförderung kam und es ging in ein Lokal außerhalb der Stadt, in das sie früher öfter zu Familienessen geladen hatte. „Einige kannte ich gar nicht", höre ich, „zwei hatten Hunde mit und ein Paar ein ganz kleines Kind. Alles war nur mit den Hunden und dem Kind beschäftigt." Kommt mir bekannt vor. „Es war ein anstrengender und wenig befriedigender Nachmittag", sagt sie, „psychisch und physisch."

Auf ihrem Bett liegt ein hinreißendes Nachthemd. Schwere rote Seide, Spaghettiträger! Sie sieht meinen Blick und lacht: „Das fand ich noch in meiner Wäsche. Irgendwann muß ich es ja mal getragen haben." Ach Lottchen, so ist das mit uns, einmal ist alles irgendwann mal gewesen. Nach dem Treffen wieder im Heim, in ihrem Zimmer. Sie ist schon im Nachthemd (?), nein nein, nicht in dem, sagt sie, geht die Tür auf, der Sohn mit dem Besuch aus Berlin. „Es wurde noch ganz nett", erzählt sie. Ein Gläschen Sekt gab es auch (von meinem Nachschub ist sie ganz angetan). „Mein Sohn setzte sich mir gegenüber. Sonst sehe ich die Menschen ja nur noch von unten. Was für eine Perspektive", sagt sie „nie richtiger Blickkontakt. Die müssen sich bücken und ich mich recken." Unmöglich findet sie das. Ich auch. Und plötzlich muß sie denken, als sie ihren Sohn so nahe vor sich sieht, was für ein schöner Mensch sitzt da. Das ist mein Sohn? „Glücksgefühl", meint sie. Ach wie schön, und wie gern höre ich ihr zu.

Und wie oft denke ich das Gleiche, wenn ich sehe, wie sich andere Politiker zu unserem Finanzminister, der seit einem Anschlag im Rollstuhl sitzen muß, herabbeugen müssen und er sich doch auch unbehaglich fühlen muß in seiner Sitzposition. Warum kann man nicht einen Menschen abkommandieren, der gleich Stühle bereitstellt, wenn sich jemand mit ihm unterhalten will. Neulich zeigten sie ihn im Flugzeug, in einem ganz normalen Sitz wie ein ganz normaler Fluggast. Wie der Mann gewann! Muß er sich vor unseren Augen denn immer so abquälen? Oder ist das gewollt, damit der Bürger ein schlechtes Gewissen bekommt? Alles wird erfunden, einschließlich modernster Waschmaschinen mit zig Programmen und Zeitangaben, aber einen Stuhl, aus dem er sich leicht herausschwenken und auf einem anderen Platz nehmen kann, bringen sie nicht fertig? Ist doch kaum zu glauben.

Lotte hat wunderbares Haar und eine gute Haut. Ich frage. „Kieselsäure. Nahm meine Mutter schon. Geben Sie mir mal Papier und Bleistift vom Schreibtisch. Ich schreibe Ihnen auf, wie es heißt. Gibt es in der Apotheke." Könnt ich auch gebrauchen, meint sie.

Wir wollen das Wetter nutzen und fahren aus. Wie schwer diese Rollstühle zu schieben sind, außerdem haben sie einen Links- oder Rechtsdrall. Man muß immer gegensteuern. Sehr anstrengend, dabei wiegt sie kaum etwas. Auch hier, warum kann es keine besseren Rollstühle geben? Jede Unebenheit wird für sie zur Tortur. Jedes Auto, ja, jedes Fahrrad ist besser abgefedert als diese Stühle mit ihren Reifen, dünner als an einem Rennrad. Sie will, spüre ich, nach Hause, denn im Heim wird früh zu Abend gegessen. 17.30 Uhr öffnet sich der Speisesaal. Ich frage nach dem Herrn, der sich zu mir gesetzt hatte. Den Spruch mit den Röcken und den Hörnern sagt er oft, meint sie, „vielleicht hat ihm mal eine welche aufgesetzt." Jedenfalls den Joghurt ißt er immer mit der Gabel! Als ich mich verabschiede, reicht sie mir noch den Zettel für die Apotheke, den ich fast vergessen hätte.

Ganz in der Nähe ist vor kurzem ein altes Bauernhaus abgerissen worden. 1886 stand auf seinem Giebel, und ich frage mich, wo wohl die Frau geblieben ist, die, so lange ich hier wohne, immer zu sehen war. In Kittelschürze, in den letzten Jahren mit Stock, ging sie, ständig vor sich hin grummelnd, auf der Straße auf und ab, saß auch auf der Bank an der Haltestelle oder am Eingang vom Supermarkt, wo der Bäcker seinen Stand hat. Mit der Zeit verwahrloste sie immer mehr. Im Laden, neben dem alten Haus, erkundige ich mich und höre, es ging nicht mehr. Man hat sie weggebracht. Und schon ist alles verschwunden. Vor dem Haus stand ein großer Tulpenbaum, der im Frühling für kurze Zeit zum Traum wurde. Kam aber, was vorkam, Nachtfrost, war die ganze Pracht im Eimer und lag als brauner Matsch vor dem Haus. Sie hatte in den Baum allerhand Kinderkram gehängt und die Plastikostereier gingen auch als Weihnachtskugeln durch. Zerbrochene Blumentöpfe, in denen es aber noch blühte, gab es reichlich und alles das zusammen ergab etwas wie aparte Kunst. Ob sie sich wusch oder zum Haare machen ging war eher nicht anzunehmen. Irgendwie fehlt sie mir, nicht nur der Baum und das Haus, wo jetzt eine große leere Fläche auf den Neubau wartet.

Als ich das Heim verlasse, traue ich meinen Augen nicht. Sie sitzt, kaum wiederzuerkennen, im Eingangsbereich auf einer Bank vor der noch geschlossenen Tür des Eßraums. Sie hat eine neue Frisur, ist flott angezogen, brabbelt vor sich hin wie immer und scheint Haus und Baum, die gleich um die Ecke waren, vergessen zu haben. Ob sie das noch weiß? Sie hat jedenfalls schon Stellung bezogen, denn gleich wird es Abendessen geben. Ob sie gedeckten Tisch, ein Bad, ein sauberes Bett genießen kann?

Meine „gezählten Tage" erwarten meinen Bericht, denn sie kennt das Heim und hat nur vernichtende Worte dafür übrig, aber als ich von der Kieselerde berichte, möchte sie auch zwei große Packungen mitgebracht haben, denn es sind nicht die gezählten Tage, die zählen, es sind meistens die anderen, die „plötzlich und unerwartet" nicht mehr da sind. Also los, Kieselerde gekauft, auch für mich zwei große Packungen.

Kriminaltango

Als ich heute ins Heim komme, höre ich draußen schon Musik. Kriminaltango! Der Mann einer Patientin hat einen Plattenspieler mitgebracht, die Platte aufgelegt und tanzt mit seiner Frau. Und wie! Die anderen Hausbewohner schauen zu und singen mit. Eine sagt, als sie mich kommen sieht: „Schatz, mach rotes Licht, woll'n Tango tanzen." Na, das ist doch nochmal ein Empfang. Die beiden tanzen wunderbar zusammen und der Pfleger sagt mir, sie hätten früher Turnier getanzt. Das sieht man und verlernt es wohl auch nicht, selbst wenn man verwirrt ist. Die alte Dame war noch nicht lange im Haus und verbrachte den ganzen Tag damit, unruhig, fast auf Zehenspitzen, umherzugehen und unaufhörlich tz tz tz tz tz zu machen. Nun aber tanzt sie wie eine Feder, ist ganz und gar bei der Sache und erweckt den Neid der anderen, die nun auch mal rankommen wollen, was der Tänzerin nicht gefällt.

Ich gehe zu meiner alten Anneliese, die hier seit einem Jahr im Koma liegt. Bekommt sie mit, daß ich hier bin? Ich spreche zu ihr ganz im alten Ton, unsere alten Themen und versuche, sie irgendwo zu erreichen. Herr Gott nochmal, was geht denn bloß in einem Menschen vor, wenn er nicht sterben kann?! Manchmal denke ich, es liegt daran, daß wir im Alter nach all dem, was uns zugemutet wurde, uns so heimatlos fühlen, ohne Geborgenheit sind, unerwünscht.

Ich versuche mich zu erinnern, wann es mit ihr begann. War es damals, als sie sich die Tennisspiele von „Steffi" und „Boris" im Fernsehen ansah und sich dazu, wie eine Spielerin, ein Stirnband umtat? Eigentlich fand ich das witzig, mehr nicht. Dann bestellte sie Unmengen Zeug aus

Katalogen, die täglich ins Haus kamen. Sie, die niemals trank, bestellte plötzlich hundert Flaschen Wein. Als ich sie einmal im Winter barfuß antraf, sagte ich ihr, daß sie Strümpfe anziehen solle, da sagte sie, ja, such mal welche. Ich begriff, daß sie nicht mehr wußte, wo ihr Zeug lag. Sie schlief auch nicht mehr im Bett, legte sich mal da, mal dort im dem großen Haus hin, immer in ihren Sachen. Es fand sich jemand, der für sie einkaufte und sie ernährte sich nur noch kalt. Instinktiv wußte sie, wovon Gefahr ausging, sie verließ nicht mehr das Haus, machte den Herd nicht mehr an, lebte da wie ein kleines Tier in seinem Bau.

Aber was in dieser Zeit bemerkenswert war, war ihre Erinnerung an zu Hause. Was sie früher niemals erzählt hatte, kam jetzt zutage. Sie waren geflüchtet, hatten aber irgendwelche wichtigen Papiere zu Hause vergessen. Vater war Kriegsversehrter, hatte im ersten Krieg einen Arm verloren und brauchte den Rentenbeleg. „Mich schickten sie zurück", empörte sie sich. Die jüngere Schwester wurde vom Vater verwöhnt. „Dabei waren die Russen schon da und ich war achtzehn Jahre alt!" Ich begreife, was sie durch ihr ganzes Leben verdrängt hat. Wochenlang war sie unterwegs und vergaß es nie. Nie wollte sie umarmt werden, immer war eine Distanz spürbar, sorgte aber vorbildlich für die Eltern bis zu deren Tod.

Als es scheinbar nicht mehr geht, kommt eine Nichte und wird den Umzug in ein Heim organisieren. Ohne sie zu informieren, fährt jemand zum Frisör mit ihr und inzwischen wird das Nötigste aus ihrem Haus in das neue Heim geschafft. Als sie dorthin gefahren wird, sagt sie: „Hier geht es aber nicht lang." Dort angekommen: „Hier bleibe ich nicht. Hast du das eingefädelt?" fragt sie ihre Nichte. „Fass mich nicht an", fügt sie hinzu, „ich habe keine Familie mehr." Wie wenig einfühlsam der Mensch sein kann. Urängste wurden wach. Sie, die immer allein lebte, soll sich nun von einem Mann waschen lassen, sich von ihm entkleiden lassen. Sie beginnt zu schreien und als er sie zum Waschbecken ziehen will, versteift sie sich so, daß sie ohnmächtig ins Koma fällt. So liegt sie nun schon ein ganzes Jahr. Kann man das aushalten?

Die Tante, als sie ins Heim soll: „Kann mich denn nicht jemand von euch nehmen? Und wenn es im Stall ist." Sie konnte plötzlich nicht mehr ihren Namen schreiben und wenn der 60-jährige Sohn zu Besuch kam, fragte sie „Na, wie war es in der Schule? Hast du viel auf?" Auch sie begann zu schreien, als sie umziehen mußte. Bei der Haushaltsauflösung fanden sich haufenweise beschriebene Zettel mit ihrem Namen. Aber so ist das heute, man geht nicht mehr zu den Kindern, auch wenn deren Häuser riesig sind. Man will ja niemandem zur Last fallen. Außerdem fehlt es an Ställen.

Als ich in Gerdauen war und das Glück hatte, noch einmal in das Haus meiner Großeltern zu kommen, fragte ich mich, wie das möglich war, in diesem winzigen Haus vier Kinder großzuziehen und als es an der Zeit war, auch noch nacheinander die verwitweten Mütter bei sich bis zum Tode zu behalten. Das war damals eine Selbstverständlichkeit. Pflegestufe unbekannt.

Ich verabschiede mich, sage, dass sie mir fehlt, dass mir der Tee abgeht, den ich bei ihr bekam, wenn ich mit dem Rad vorfuhr und natürlich der Garten, in dem sie meistens anzutreffen war. Was ist das für ein Zustand, in dem sie ist, noch ganz da und so weit weg. Mir ist, daß wenn ich lauter spreche, ihre Augenlider zu flattern anfangen, sich aber nicht heben. Und doch spüre ich, daß sie meine Gegenwart ahnt.

Vorne im Gemeinschaftsraum ist ausgetanzt. Tz tz tz tz tz kommt die Tänzerin auf mich zu und ich drehe eine

Runde mit ihr. Was weiß ich schon, was auf mich wartet und ohne Vertrauen könnte man gleich einpacken. Meine alte Anneliese hat nicht einmal getanzt im Leben, ließ sich nicht mal in den Arm nehmen. Eigentlich will ich nicht mehr fahren, weil mich das auch alles bedrückt; doch heute fahre ich den Rundweg, den sie für die Kranken angelegt haben, gleich zweimal, ehe ich auf die Landstraße einbiege. Das Tänzchen hat mir gefallen. Courage muß man haben und sich überraschen lassen.

.

Sommerweg

Für Anneliese Horlitzki

Die Rotdornbäume
blühten wunderbar
in diesem Jahr,
das nicht mehr deines war.

Als sie geliefert wurden,
war ich dabei.
Wie sicher du bestimmtest:
Hier, hier soll'n sie hin.

Die Rosen, Anneliese,
in allen Farben
„exklusiv",
wie du es nennen würdest.

Die Fuchsien steh'n
wie eine Wand.
Geschmuggelt durch den Zoll
als Ableger aus Eng(e)land.

Und durch den „Buchs",
von dir gesetzt,
entstand ein Bauerngarten.
Wie gut dir das gelang,

Ich habe es heute noch bewundert.

Ich stand am Zaun
und dachte dein,
wie sehr du das geliebt
und wie wir beide Tee getrunken.

Der Rasen! saftig grün,
ganz ohne Cockerspuren,
zieht sich bis hin zum Teich,
an dem Mombrezien blühen.

Das macht man nicht,
was dir geschah:
mit Lug und Trug
dich fortzuführen.

„Faß mich nicht an!
Ich kenne euch nicht mehr",
so war dein Wort
als du begriffen hattest.

Spricht so ein Mensch,
der irre ist?
Wohl kaum. Anneliese, ich wollt'
Du siehst in deinem Komatraum,
am Sommerweg den Sommergarten.

„... und immer ins Ungebundene gehet eine Sehnsucht.
Vieles aber ist zu behalten. Und not die Treue ..."
Friedrich Hölderlin, aus *Reif sind ins Feuer getaucht ...*

Der Neurotiker

Seine unsichtbaren Tastorgane
Spüren auch das Unterschwellige.
Schon eine Gruppe zu dritt
Irritiert ihn.
Er kann sich nicht teilen.

Ein letzter Blick im Vorbeigehen
In den Spiegel
Läßt ihn einhalten.
Er verzichtet auf den Ausgang
Und bleibt in seinem Bau.

Freudig begrüßt er kleine Pannen
In der Hoffnung,
Daß die großen ausbleiben.
Zu Bindung gratuliert er erst,
Wenn sie gescheitert.

Aus Furcht, daß jemand ihn besuchen könnte,
Macht er abends oft kein Licht,
Und den Telefonhörer legt er,
Nachdem er die Nummer gewählt,
Wieder still auf die Gabel.

Dabei ist er ganz wach:
Er spürt durch alle Poren
Was Leben heißt.
Darauf bedacht,
Nicht zuviel von sich preiszugeben,
Ist er zu allen freundlich.

Eckbank in Rot

Weißt du noch die Eckbank?
„Musterring"-Modell
für die junge moderne Familie.
Eigentlich unpraktisch
für fünf Personen.
Gut nur für ein Schaukelpferd.

Der Schaukelnde, nur Füße und Beine
der modernen Familie im Blickfeld,
hat nun den Überblick:
links vor dem Fenster die Pappel,
rechts der Küchentisch.

„Haben Sie eine Waschmaschine",
fragt Frau Ochmann, die unten wohnt,
„man hört solch ähnliche Geräusche."
Waschmaschine!
Da noch ein Wunschtraum.

„Wir sitzen hier am Eckentisch
und saufen bis er rundig ist",
sang die Nachbarin
und ging und ging nicht rüber
zu sich und ihrem Heinerich.

Später nahmen wir sie auseinander,
moderne Familie hin oder her.
Wer will als fünftes Rad
immer an der Ecke sitzen,
er wird ja nicht rund.

Die Bank, das Haus, die Pappel,
Frau Nachbarin,
alles vergangen, nicht vergessen:
fünfundzwanzig Jahre volles gelebtes Leben,
am Sandkamp fünfundzwanzig C.

An derselben Stelle wird neu gebaut.
Wieder für neue Familien.
Ob die Kinder noch schaukeln werden?
Ihrer Mutter beim Hantieren zusehen,
wenn sie Kartoffeln schält,
Gemüse putzt und den Kuchen rührt,
bis der Teig Blasen wirft und
sie zuletzt den Holzlöffel,
den mit dem Loch, hinüberreicht?

Redest du etwas schön?
Nein, etwas ging mit fortschreitender
Modernisierung verloren,
etwas, das man verbal nicht vermitteln kann.
Es sei denn, man hat geschaukelt.

Lungern

Zu den liebsten Beschäftigungen in meiner Kindheit (eigentlich heute auch noch) gehörte das Lungern. Stundenlang einfach nur rumlungern war der Gipfel der Gefühle. Wenn nur nicht immer die mahnende Stimme gewesen wäre: Hast du nichts mehr für die Schule zu tun, hol dies oder das. Wenn schon, dann am liebsten zum Fluß nach Entenflott, mit Drahtkorb und Sieb. Manchmal half auch Täuschen: das aufgeschlagene Heft und so tun als ob, darunter das Buch, das man gerade verschlang. Doch das wäre schon kein Lungern mehr gewesen. Lungern bedeutet etwas anderes, eher stieren, vor sich hin brüten.

Mit seinen Fragen konnte das Kind nerven. Irgendwie begriff ich nicht, dass der Mensch zum Denken verdammt ist. Warum konnte man nicht einfach mal eine Pause einlegen, warum unentwegt etwas im Kopf wälzen. Auswendiglernen war schon schwierig genug, da half es auch nicht, das Buch über Nacht unter das Kopfkissen zu legen. Andere können mehr als 100 Gedichte auswendig und lernen immer noch welche hinzu. Das versuche ich auch manchmal, um nach einiger Zeit festzustellen, das meiste davon vergessen zu haben, und ob das wirklich erstrebenswert ist, weiß ich nicht. Besetzt es nicht die Hirnzellen, die man anders nutzen könnte?

Erstrebenswert als Berufswahl wäre Leuchtturmwärter gewesen, mit vielen Büchern auf dem Turm, ab und zu die Lampen putzen und die Prismen, viel auf's Wasser stieren. Besser noch hätte mir an einem Bahndamm ein Bahnwärterhäuschen gefallen. Einmal am Tag kommt der Zug aus irgendwo, hält und fährt weiter nach nirgendwo. Aufgeschreckt durch das Signal kurbel ich die Schranke runter, warte bis der Zug hält. Einige Milchkannen und wenige

Pakete werden ausgeladen. Hoch die Kelle und mit Trillerpfeife das Zeichen zur Abfahrt. Schranke hoch, kleiner Quatsch mit dem Milchkannenfahrer, danach versinken im oblomowschen Leben. Was für eine liebenswürdige Gestalt in der Literatur. Ganz mein Fall, warum nur immerfort das „was rennt der Sammy so".

Bezeichnenderweise ist der Freund Oblomows, Stolz, ein Deutscher, der ihn vom Sofa und aus dem Schlafrock zwingen will. Und man staunt geradezu, was plötzlich nicht alles in dieser Schlafmütze steckt. Ja, er wird sich sogar vielleicht mit Olga, auch solch einer tüchtigen Person wie Stolz, verloben. Aber ein großer Aufwand wird auch hier vertan und er versinkt wieder im Nichtstun.

Wenn mir als Kind aufgetragen wurde die Tiere zu hüten, das gefiel mir. Gegen Abend wurden die Schweine rausgelassen, der Stall gesäubert und frisches Stroh aufgefüllt. Dazu setzte ich mich in die geöffnete Tür im Stakettenzaun und las. Die Schweine wühlten im Dreck, schubberten sich am Zaun und fühlten sich sauwohl. Wenn ich heute darüber nachdenke, was die Tiere damals bei uns für ein Leben hatten, wird mir im Nachhinein auch noch wohl, selbst wenn wir sie zu guter letzt verspeisten. Einmal war eins entwischt, durch meine hochgestellten Beine in den Hof, wo die Wäsche hing! Zu nichts zu gebrauchen, lautete das großmütterliche Urteil. Wie denn auch, wenn man am liebsten Besitzer einer kleinen Insel gewesen wäre, wo einem keiner was zu sagen hätte.

Die Kuh des kleinen Mannes war seine Ziege, die angepflockt wurde, wo sie gratis fressen konnte. Von Zeit zu Zeit mußte der Pflock umgesetzt werden und der Hüter hatte inzwischen nichts anderes zu tun, als zu stieren und zu lungern. Herrlich. Nach dem Krieg, als wir weltsichtiger wurden, fiel mir auf, daß viele Russen ihre Kuh am Strick zum Grasen dahin führten, wo es umsonst war.

Wenn ich mit dem Rad so über Land fahre, sehe ich das immer vor mir: am Straßenrand, am Feldrain, ein Mensch mit seiner Kuh. Und mit Bedauern sehe ich das viele Gras am und im Graben ungenutzt, stattdessen stehen die Kühe im Stall auf ihrem Karussell. Wie würden sie sich draußen vergnügt die Wampe vollschlagen! Doch weil heute niemand mehr Selbstversorger sein will, ist das eben so. Dabei könnte beim Hüten durchaus gechattet und auf dem Smartphone gespielt werden. Musik hören sowieso.

Erst wollen alle König sein, aber dann begreift man, das ist ja langweilig und zieht den Beruf des Boten vor. Doch mir gefällt die Idee mit dem Bahnwärterhäuschen noch am besten. An vielen hält heute kein Zug mehr, weil es an Fahrgästen mangelt.

Alle Berufe, die sich zum Lungern geeignet hätten, wurden abgeschafft. Lungern nicht erwünscht, dabei ist das eine Wissenschaft für sich und die meisten können das auch gar nicht mehr, weil sie der Meinung sind, es muß immerfort etwas geschehen. Es kann nicht genug „Events" geben. Nannte man das nicht Brot und Spiele für das Volk, früher, wo auch nicht alles besser war?

Das Treffen oder der helle Wahnsinn

Das heißeste Wochenende des Jahres sieht die Alte, mich, unterwegs. Mit der Bahn. Schon früh um vier Uhr geht nach schlafloser Nacht der Wecker. Schnell zum drittenmal die Tasche umgepackt, denn der dicke Wollpullover wird bei vierzig Grad Hitze wohl nicht benötigt werden. Regenjacke stattdessen? Lieber Rock statt Hosen? Wenn ja, welcher? Da ist ja nur noch der alte von vor dreißig Jahren, der infrage käme. Der? Ach, wenn man sich entscheiden könnte. Egal, alles rein, auch wenn der Arm schwer nach unten zieht. Taxi um fünf. Der Mensch mit Ausländerdeutsch will sich auf dem Weg zum Bahnhof schon unterhalten, will wissen, wohin. Ich bin noch nicht so ganz auf der Höhe und antworte kärglich. Ach, wärst du nur zu Hause geblieben. Hast du das nötig, auf deine alten Tage bei der Hitze dich in der Weltgeschichte rumzutreiben! Du mußt doch nicht mehr ganz frisch sein.

Nach fünf Stunden Fahrt, zweimal umsteigen, erwartet mich in Wesel mein bestes Stück und in zwei Stunden wollen wir zusammen ein zweites gutes Stück in Empfang nehmen, das wir mehr als zehn Jahre nicht gesehen haben. Inzwischen ist man Witwe geworden und hat sich im Leben neu orientieren müssen. Auch die Honoratioren unseres „lieben kleinen Städtchens", wie Ewa Plink es nannte, treffen nach und nach ein.

Wir erinnern uns der Häuser mit Herrenzimmern, in denen zu Weihnachten vier Meter hohe Tannenbäume standen und sprechen nicht zum ersten Mal vom Kugelblitz, der erst das Haus zweimal umrundet und sich nicht sicher war, lege ich es in Schutt und Asche oder hole ich zum kalten Schlag aus. Er wußte, daß andere das erstere tun würden. Der kalte Schlag hatte es dann aber in sich und meine linksseitige Taubheit führe ich darauf zurück, so genannte Spätschäden. Doch ich will nicht ganze Seiten der Zeitung für dieses Minitreffen in Anspruch nehmen, sondern sagen, dass es eine Lust ist, alt zu werden und immer wieder zu erleben, wie notwendig sich Menschen sind, die sich füreinander öffnen können und sich verstehen. Ist es nicht interessant zu hören, wenn einer der Vorfahren sein „von" verkaufen mußte, das er vor seinem Namen hatte? Andere kauften sich welche hinzu. Erst diesmal habe ich begriffen, und ich freue mich, so spät noch den „Nerv" dafür bekommen zu haben.

Nachdem Friederikus Rex die Reverenz erwiesen, lädt die Schillkaserne zu Erbsensuppe bei gefühlten fuffzig Grad ein. Visionen von Gulaschkanone und Kochgeschirr lassen die Hitze vergessen. Leider hätte man die Erbsen mit den kleinen Kanonen, die da rumstanden, verschießen können, so hart waren sie. Der Koch wäre besser bei den von Friedrich eingeführten Kartoffeln geblieben. Machte aber nichts, der General persönlich kredenzte einen ausgezeichneten Kaffee und auch das Salutieren vor leeren Schilderhäuschen mußte man der besonderen Wetterlage zurechnen.

Am Bahnhof in Wesel steht ein Denkmal, das ebenfalls der Vermißten gedenkt und ich dachte still an meinen Bruder Hans, der auf der Flucht verlorenging. Hätte der nicht heute auch General sein können?

Was für eine Zeit liegt hinter uns und ich werde, als auf der Heimreise die Klimaanlage im ICE ausfällt, zum freiwilligen Zeitzeugen. Als der Zug stundenlang überfüllt stehen bleibt, fällt mir die Nachkriegsreiserei ein, als die Menschen an den Trittbrettern hingen und auf den Dächern saßen. Die Fenster ließen sich öffnen und der Durchzug war die Klimaanlage. In diesem hier erreichte die Temperatur fast sechzig Grad und die Menschen machten schlapp. Krankenwagen werden gerufen. Wir sitzen zu acht in einem Abteil, das für fünf berechnet ist. Außer Schweiß fließt hier nichts mehr. Eines der Mädchen fächelt mir mit einem Zeitungsblatt Luft zu und ein junger Mann erkundigt sich fortwährend, ob es noch geht. Sie wollen wissen, woher ich komme und ich erzähle von unserem Treffen der alten Garde. „Der helle Wahnsinn", sagt einer und wirklich, alle sind interessiert und hören ernsthaft zu. Warum ich das nicht aufschreibe, werde ich gefragt und ich sage, mache ich.

Vier Stunden habe ich jetzt schon Verspätung. Alle Anschlußzüge weg und immerzu die Durchsage, verlassen Sie aus Sicherheitsgründen den Zug. Keiner rührt sich. Als er dann endlich weit nach Mitternacht in Münster, eigentlich sollte ich nach Osnabrück, reinschleicht, wird mir angeboten, auf Kosten der Bahn dort zu übernachten. Entschließe mich jedoch zur Weiterfahrt über die Dörfer und eine Punkergruppe mit roten Haartollen und tätowierten Körpern, auf den Armen Lindwürmer bis zum Hals, nimmt sich meiner an. Einer von ihnen hat in seinen Hosen mit vielen Taschen sogar Bierflaschen und bietet an.

So ganz geheuer ist mir die ganze Sache anfangs nicht, doch je länger wir zusammen reisen, desto mehr wächst unsere Verbundenheit. Vom Stoppelmarkt kommen sie, höre ich und als ich um zwei Uhr nachts vor dem heimatlichen Bahnhof stehe, kein Taxi. Einer aus der Gruppe hat das bemerkt und kommt, fingert auf seinem Handy und sie beschließen, mit mir zu warten, bis eines kommt. Das dauert und als es um die Kurve zum Bahnhof einbiegt klatschen alle und machen „die Welle".

Während sie mit Rädern nach Hause oder noch sonstwohin fahren, denke ich auch, der helle Wahnsinn. Irgendwann wird alles Geschichte sein, rote Haartollen, Tätowierungen, mit und ohne von, Menschen, die vor leeren Schilderhäuschen salutieren, von allem wird weniger als ein Fliegenschiß der Geschichte sein. So war es schon immer und nach soviel Frühstücksbuffet und Eiskaffees setze ich mir jetzt Pellkartoffeln auf, die haben mir wirklich gefehlt. Bewundernswert die Menschen, die sich für das Bestehenbleiben dieser Treffen einsetzen und eingesetzt haben. Respekt und Dank.

2012

Du hast es wiedermal geschafft

viel zu müde
um an produktion
zu denken,
kommst du
nach elf stunden
heim
du machst dir'n
kaffee
und stellst deine runden füße
in den eimer
du hast es wiedermal geschafft
der maschinenlärm
macht dich (noch) nicht verrückt
du warfst (noch) keinen stein
in die milchglasscheiben
um das licht zu sehn
die sechs kilometer
stehend im bus
konfrontiert mit dem volk
der dichter und denker
ließen dich nicht ausflippen

eigentlich hast du
einen orden verdient

1982

Dodo

für W. W.

Kurz
bevor sie ihn abführten
– er hatte zu lange in „Des Knaben Wunderhorn"
                                              [gelesen –
stand er auf,
knöpfte seine gelbe Cordjacke,
die über seinem Embonpoint schlecht saß,
zu
und trat vor das blaue Zelt

Mit schräg gehaltenem Kopf
stand er lauschend da.
Die Schafe waren
aus ihrem Pferch ausgebrochen
und rasten an ihm vorbei
den Berg hinauf.
Im Licht des Mondes
sah er ihre Rücken vorüberwogen
und wurde seekrank.

Er riß sich zusammen,
trat auf den Weg
und machte sich auf die Suche
nach einem Schafstall.
Er dachte an Heraklit,
der sich im Dung vergraben,
kratzte mit seinen Händen
in dem vom Mondlicht durchfluteten Stall
den Schafsmist zusammen.

Ein Donnern
kündigte die Rückkehr der Schafe an.
Sie fielen in den Stall ein –

Als man ihn fand,
war nur die gelbe Jacke beschmutzt
in deren Tasche sich
„Des Knaben Wunderhorn" befand.
Während man Dodo ins Auto verfrachtete,
zitierte er lächelnd seinen Wärtern:
„Eine Herde Schafe war des Seemanns Grab."

Besuch bei Ludwig Hohl

Noch mehr als das Werk der Produktiven interessiert meinen Gefährten Dr. W. das Leben dieser Großen selbst. Dazu gehört Ludwig Hohl, dessen Werk für uns sehr wertvoll war. Seine *Die Notizen oder von der unvoreiligen Versöhnung* waren uns immer sehr kostbar, und seine Texte *Von den hereinbrechenden Rändern* auch. Daß Randständiges zum Zentrum werden kann, daß Produktives oft entsteht, wenn ursprünglich Beabsichtigtes auf ein anderes Gebiet gedrängt wird.

Wir machen eine Reise in die Schweiz und fassen den Entschluß, ihn aufzusuchen. Wir wissen, daß er in einem Keller lebt, von seinen Zeitgenossen noch nicht voll erkannt. Ein Versuch, seine *Notizen* bekannter zu machen, schlug fehl – sie landeten im Antiquariat.

Wir wissen, daß er nie auf Briefe antwortet und wie ein Einsiedler lebt. Irgendwie haben wir ein Bild von ihm auftreiben können, das einen sehr introvertierten Mann zeigt. Außerdem wissen wir noch aus seinen Texten, daß er Bergsteiger ist und zum Schwimmen an den See geht.

Nach ermüdender Fahrt kommen wir am späten Vormittag in Genf an. W. ist so erschöpft von der Reise in einem alten 2CV, daß er schon den Gedanken an einen Besuch bei L. H. aufgegeben hat. Es ist ihm alles zu umständlich und zu mühsam: die Adresse zu erfragen, wo und wie. Ich habe die Idee, in einer Fernsprechzelle nachzusehen. Tatsächlich, da steht sein Name und Adresse: Rue David Dufour 8.

Wir machen uns auf den Weg und finden die Straße und das Haus. Es ist ein großes altes Mietshaus, in dem ihn anscheinend niemand kennt, außer der Concierge. Madame führt uns eine tiefe Kellertreppe hinab, über

Bretter, die man auf Steine gelegt hat, damit die Füße nicht naß werden. Vor einer Tür, zu der es wieder drei Stufen hinaufgeht, blieb Madame stehen und klopft an. Es rührt sich nichts. Madame versucht es wieder, und nun hört man ein Geräusch hinter der Tür Eine junge Frau öffnet und die Concierge richtet unser Begehren aus.

Durch die geöffnete Tür konnten wir einen Blick in den Kellerraum werfen. Es brennt Licht, und zu unserem Erstaunen sehen wir quer durch den Raum sich eine Leine ziehen, auf der irgendwelche Blätter wie Wäschestücke aufgehängt sind. Wir hören die junge Frau mit jemandem flüstern, und dann erleben wir ein groteskes Schauspiel. In der Tür erscheint ein Mann im Nachthemd, barfuß und mit wirrem Haar.

Wir denken, wir haben einen Verrückten vor uns, ich muß irgendwie an das zornige Rumpelstilzchen denken. Der Verrückte schlägt wie wild mit den Armen und kreischt auf Französisch irgendetwas von Anmelden und daß er für Besuche, wie die unsrigen, keine Zeit habe. Nachdem er eine ganze Weile getobt hat, knallt er uns die Tür vor der Nase zu.

Wir sind wie benommen und die Tage, die wir noch am See von Annecy verbringen, ist W. total verstört. Unentwegt grübelt er über das Verhalten von L. H. nach. Er kann sich nicht damit aussöhnen, und in mir entsteht die Idee, daß ich vielleicht versuchen sollte, dieses unglückliche Erlebnis zu mildern. Aber wie?

W. ist verstimmt, und wir brechen auf. Wir wollen nach Hause. Unser Weg führt wieder über Genf, und W. zeigt mir noch die Universität, an der er einige Semester studiert hat.

Ich sage zu W., daß ich telefonieren muß, gehe in die Zelle, und suche die Nummer von Ludwig Hohl und rufe ihn an. Er ist zu Hause, und nun sage ich ihm meine Meinung. Sage, daß wir ihn und seine Texte sehr schätzen und daß wir eigentlich in seinem Sinn gehandelt haben, indem wir etwas getan haben „ohne Vorbereitung". Ich sage ihm, daß wir tausend Kilometer mit dem Auto zurückgelegt haben, nicht zuletzt seinetwegen. Ich spreche noch einmal mein Bedauern aus, meinen Dank. Er muß nachdenklich geworden sein, denn plötzlich fragt er: „Wo sind Sie?" Nachdem ich ihm das erklärt habe, sagt er: „Bitte kommen Sie gleich!"

Ich gehe zu W., der überhaupt nicht gewußt hat, mit wem ich gesprochen habe, und sage: „Ludwig Hohl will uns jetzt empfangen." Er ist sprachlos, und wir machen uns zum zweitenmal auf den Weg.

Es wird ein denkwürdiger Besuch: Ludwig Hohl empfängt uns in seinem Keller. Er entschuldigt sich für sein früheres Verhalten mit Schlafstörungen, und während er mit uns spricht, fütterte er eine Katze, die bei unserem Eintreten von seinem Bett, das in der Ecke des Kellerraumes steht, gesprungen ist. Unaufhörlich geht er hin und her, nur manchmal bleibt er in sich versunken stehen und antwortet mit bedeutsamer Mimik auf W.'s Fragen. Auf dem Tisch steht ein übervoller Ascher, er raucht unentwegt. Ab und zu gießt er sich aus einer Flasche Wodka etwas in ein Glas und füllt es mit Wasser aus der Leitung auf.

Was mir als Frau besonders ins Auge fiel, waren blitzende Töpfe und Küchengeschirr.

Wir sprechen über Robert Walser, und W. sagt, daß wir schon lange auf der Suche nach den „Wanderungen mit Robert Walser" von Carl Seelig sind.

Schweigend geht Ludwig Hohl an eine Bücherborte, holt den Band heraus und legt ihn, nachdem er ihn mit einem Handfeger abgestaubt hat, auf den Tisch. Er bedeutet uns, daß er von geschlossenen Bücherreihen nichts hält. Sie wären für ihn zu tot.

Längst schon haben wir mit großem Interesse die Leine in Augenschein genommen, die sich quer durch den Keller zieht. Neben Notizen, Zitaten, Zeitungsausschnitten sehen wir Bildreproduktionen, die für ihn einen Wert darstellen, mit denen er konfrontiert sein will. Unter den „Aufgehängten" sind z. B. Bertrand Russel, Giacometti, Karl Kraus, Celan. Vor der Reproduktion eines Rembrandt-Selbstbildnisses pflegt er zu stehen, wenn er, wie er sagt, in einem Gedankengang nicht weiter kommt. An der Wand, neben seinem Bett, hat er eine farbige Pastellzeichnung begonnen – sie sei unvollständig, erläutert er – eine Darstellung eines inneren Vorganges, farbig, geometrisch.

Zum Abschied holt er aus einem Karton, in dem anscheinend eine ganze Auflage gestapelt ist, einen Band von sich, den wir noch nicht kennen: „Daß fast alles anders ist." Er nimmt seine Brille mit den Konvexgläsern ab und, indem er murmelt, daß seine Augen immer schlechter werden, schreibt er mit vorgestrecktem Arm eine Widmung in das Buch. Außerdem schenkt er uns noch einen Text von Max Frisch, den er aus dessen Tagebuch abgeschrieben hat. Übrigens wird die Unterhaltung durch wahnsinnige Geräusche von Preßlufthämmern sehr erschwert. Er versucht, das Fenster zu schließen, das in einen Schacht mündet, der auf die Straße führt.

Er sagt, daß er schon seit dreißig Jahren in dem Keller lebt, und der Krach ginge schon seit einigen Jahren! Der Keller liegt so tief, daß kein Tageslicht eindringt.

Wir wollen ihn nicht länger stören und brechen auf. Wir bedanken uns noch einmal, und nachdem wir wieder über die Planken balanciert sind, sagte W. draußen sichtlich beeindruckt: „Das ist ein echter, ein ganz echter Denker!" Und sehr nachdenklich: „Einer, der Hunger und Elend auf sich nimmt, um das zu verwirklichen, was ihm am Herzen liegt."

Dieser Besuch geht uns noch lange nach, und W. schreibt ihm dann und wann, wohl wissend, daß er mit einer Antwort nicht rechnen kann.

W. stirbt. Ich schreibe Ludwig Hohl, daß er einen Bewunderer verloren hat und daß er ihm vielleicht doch einmal hätte antworten sollen. Eines Tages erwartet mich, als ich von der Arbeit komme, ein Päckchen. Es enthält ein Buch von L. H. Er hat es selbst eingepackt und an mich adressiert. Die Widmung lautet: „Christel Wulff auf das herzlichste". Ich bin gerührt und glücklich, nehme das Telefon und rufe ihn an. Er sagt, daß es ihm gesundheitlich nicht sehr gut ginge und sagt, daß er manchmal an mich gedacht habe. Unglaublich! Durch eine Freundin in der Schweiz lasse ich ihm eine Flasche Wodka senden.

Vor kurzem las ich in einer hiesigen Zeitung eine kleine Notiz: „Ludwig Hohl ist gestorben. Kurz zuvor hatte er den Petrarca-Preis für 1980 erhalten." Zwei Tage später bekomme ich den Nachruf aus der „Neuen Züricher Zeitung" und lese u. a.: „Der Schein des Asketischen, den Hohls Aussage, daß der Mensch seine Heimat in der Arbeit habe, bei oberflächlichem Verständnis erweckt, trügt nicht. Dabei ist daran zu erinnern, daß der Autor selber Zeit seines Lebens zu ungewöhnlichen Entbehrungen, zu wirklicher Askese gezwungen war. Er hat nie in der Zustimmung eines größeren Leserkreises schwimmen können und hat oft aus Mangel an Geld hungern müssen."

Oldenburg, den 16.8.80

Gleichgültig

Gleichgültig gegen alles
Nimmst du deinen Weg wieder auf.
Was kümmern dich:
Steigende Preise, Krawalle, Entführungen
Und die Programmierung der Welt.
Ist es für den Augenblick nicht genug,
Daß du von deinen Verlusten
Gelebt hast und fünfzig Jahre zählst?

Schöpferische Möglichkeiten ohne Ende

Das Kleingedruckte übersehen: Vom Kreta-Urlaub enttäuscht zurück – Die Kinderzeit war „all inclusive"

Na, der Heimkehrer sieht nicht gerade begeistert aus. Hat es ihnen auf Kreta denn nicht gefallen? Kreta, dachte sie immer, wäre die Insel der Seligen, Wein, sonnengereifte Tomaten, wo die Kultur zu Hause war, das Meer und überhaupt. Und die Schlucht? Habt ihr die berühmte Schlucht auch gemacht? Nichts davon. Statt wie im Katalog versprochen, kein Meerblick, sondern seitwärts auf den nicht sehr einladenden Pool. „Und", sagt Luka, „Mama hat das Kleingedruckte nicht gelesen und dachte, es sei all inclusive. Auch die Ausflüge sollten extra bezahlt werden." Na sowas. Und ganz empört setzt er hinzu: „Überhaupt keine Animation gab es."

Das muss das Schlimmste für ihn gewesen sein. So hört es sich jedenfalls an. Übermorgen fängt die Schule wieder an, und auch seine Eltern müssen wieder arbeiten, um den nächsten Reinfall finanzieren zu können. „Wenn ihr wollt, könnt ihr morgen bei mir essen. Sag das deinen Eltern. Kommt nicht zu spät und bleibt nicht zu lange", ruft sie ihm noch nach, als er sich schon aufs Rad schwingt.

Kartoffelflinsen wird sie machen. Die Kartoffeln sind in diesem Jahr herrlich. Vielleicht ein bisschen zu groß, deshalb eben Flinsen. Dazu Apfelmus. Der Wind hat großzügig Früchte vom Baum gerüttelt. Wie alt der schon ist. Schon vor Jahren wollten sie ihn umhauen, weil er irgendwie nicht ganz in Ordnung schien. Vielleicht aus Dankbarkeit trägt er jedes Jahr neue Frucht. Sie weiß noch nicht einmal, was das für eine Sorte ist. Jedenfalls ist kein anderer Apfel für Kompott oder Mus so geeignet wie er, meint sie. Sie freut sich schon auf die Bewirtung.

Luka hat sie aufgehalten. Nun aber erst zum See, zu ihrem Privatbadestrand. Kaum zehn Minuten mit dem Rad sind es bis dahin. Meistens ist sie allein, höchstens sitzt mal ein Angler am Ufer, einige Haubentaucher und Enten teilen mit ihr den See. Gestern war auf der großen Wiese nebenan ein Storchenpaar gelandet. Kaum zu glauben, fast wie zu Hause, musste sie denken. Überhaupt kam ihr während des Schwimmens der heimatliche Banktinsee in den Sinn, im Geist hörte sie den Lärm von der Badeanstalt, hatte plötzlich den Geruch der nassen Bretter im Sonnenlicht vor den Umkleidekabinen in der Nase. Auf dem See Kantor Brehm mit seinem ungeheuren Bauch auf dem Rücken treibend. Der solle ihn tragen, meinten die großen Kinder. Ob das stimme, fragte sie sich damals.

Man konnte aber den Eintritt ins Bad sparen und sich dafür ein Eis bei Urban leisten, wenn man zum Flöt ging, eigentlich Omet, aber sie nannte ihn für sich Flöt. Vielleicht weil die Kinder von dort das Entenflott holen gingen, links am Friedhof vorbei und die Wiesen runter bis zum Weidengebüsch. Im Drahtkorb, damit das Wasser abfließen konnte. Wie sich das Geflügel später darauf stürzte!

Das Allerschönste war für sie damals die freie Zeit der Ferien. Hoffentlich würden sie nie enden! Ohne Animation kamen die Kinder damals glänzend durch die Tage. Sie wussten gar nicht, was sie zuerst beginnen sollten: in den Wald nach Beeren gehen, nach Kinderhof oder in den Stadtwald. „Wir fahren nach Jerusalem" spielen. Ach, Möglichkeiten ohne Ende. Kinderzeit, die ihr oft beim Schwimmen in den Sinn kommt: eine Zeit, die, aus heutiger Sicht betrachtet ganz groß gedruckt „all-inclusive" bedeutet hatte.

Nachts auf dem Balkon

Nachts auf dem Balkon,
weil der Schlaf nicht kommt,
trink ich Tee und denke,
wie's mit mir noch werden soll.

Auch wenn alle Menschen Brüder,
ich sitz hier allein
Mitternacht ist längs vorüber –
soll's das schon gewesen sein?

Lautlos stehen alle Bäume,
wie die Nacht es will,
selbst die Autos auf der Straße
halten bis zum Morgen still.

Am Himmel steht der halbe Mond,
schaut zu mir herab,
zwischen uns sind Sternenwelten,
aber doch auch Blickkontakt.

Einer muß doch wach sein,
oben ich und unten du,
meine ich daraus zu lesen,
und das gibt mir endlich Ruh'.

Als die Sterne blasser werden,
seh' ich einen immer noch:
funkelnd, glitzernd, übermütig
läßt er plötzlich sich herab.

Rollt sich hier auf dem Geländer,
springt zu mir auch auf den Tisch,
und ich kann mich gar nicht wundern,
als er trinkt aus meinem Glas.

Erst verlegen, dann schon frecher,
frage ich ihn aus,
und mein lust'ger Nachtgefährte
weicht den Fragen auch nicht aus.

Sag, wie ist es denn da oben,
siehst du Gott auf seinem Thron,
siehst du seine Engelschöre
und vielleicht sogar den Sohn?

Sag, wie ist es mit den Seelen,
sind sie sichtbar oder nicht,
kann ich sie erkennen und verstehen
wenn eine spricht?

Muß man sich da oben quälen,
oder sind die Qualen fort,
kann man auf Erlösung hoffen
und was ist Erlösung dort?

Ach, meint er und ist ganz munter,
denke nicht darüber nach,
denn für Götter und auch Seelen
sind Gedanken viel zu schwach.

Hast du deine Frist auf Erden,
fragt er, und er stutzt,
wirklich nur mit *den* Gedanken
und nichts anderem genutzt?

Alles, was hier unten schwer,
wird dort oben leicht,
löst sich auf und kommt ins Schweben
und verrinnt zu Ewigkeit. –

Langsam ist es hell geworden,
und der Tag beginnt.
Alle Sterne sind verschwunden,
nur vom Glas ein goldner Tropfen rinnt.

Advent auf dem Balkon

Bornhorst

In diesem Jahr sind die Störche da! Früher, kann ich mich erinnern, gab es in jedem Jahr mehrere Paare, die hier im Umfeld brüteten und sie gaben immer wieder Anlaß, sie aufzusuchen, an ihrem Familienleben teilzunehmen und sie den eigenen Kindern nahe zu bringen und sich dabei der heimatlichen Störche zu erinnern, die damals allgegenwärtig waren und nicht wie hier eine Rarität sind.

Vor der Stadt in einem winzigen Dörfchen hatte das Nest auf dem Scheunendach des Bauern immer Besetzer gehabt, jedes Jahr. Auf einmal blieben sie fort, mehr als zehn Jahre. Lag es an der modernen Bewirtschaftung der Felder mit zuviel Gülle, die heute ausgefahren wird? Man wußte es nicht. Und immer, wenn ich mit dem Rad durch das Dorf fuhr, sah ich bedauernd zu dem leeren Nest hoch, das der Bauer, Gott sei Dank, nicht entfernt hatte. Wer warten kann, hat viel getan, sagt ein Sprichwort, so auch in diesem Fall.

Nun, nicht zu glauben, im vergangenen Jahr Sondermeldung in der NWZ: ein Storch ist da, stände auf dem Dach und hoffte auf Partnerschaft. Die aber wollte sich nicht einstellen und das Sprichwort war ihm wohl nicht bekannt. Der Single machte sich auf und davon.

Erneute Aufregung in diesem Jahr. Ein Paar ist da! Ich, hin. Wahrhaftig. Zu schön, wie sie da am Gange waren, das alte Nest instandsetzten, und wenn der Feminismus in der Vogelwelt noch nicht angekommen ist, war sie es, die das Material fachgerecht verteilte, das der zukünftige Storchenvater heranschaffte. Als genug gepolstert, die Eier gelegt waren, sah man sie wochenlang brüten, er immer noch Heu und Stöckchen anbringend, was sie sorgfältig um sich herum verteilte.

Wie lange solch ein Vogel Wind und Wetter trotzen muß, bis es soweit ist und er sich noch mehr ins Zeug legen muß. Aber irgendwie habe ich die Störche von früher anders in Erinnerung. Waren ihre Stelzen nicht röter, ihr Schwarz nicht tiefer, ihr Weiß nicht weißer? Diese kommen mir kleiner vor, auch grieser scheinen sie mir zu sein. Mag aber auch mit der Erinnerung zu tun haben, die sich immer alles etwas schön reden muß. Immerhin, sie hat keine Windeier ausgebrütet, denn vorgestern herrschte Leben auf und im Nest. Madame stand auf einem Bein am Nestrand und ordnete mit ihrem Schnabel das Gewusel unter sich.

Beim Weiterfahren sehe ich ihn auf der Wiese nach Nahrung suchen, die es augenscheinlich genug gibt, wenn man dem Froschkonzert in allen Tonlagen Glauben schenken kann. Sogar eine Schulklasse ist mit Rädern gekommen, um sich belehren zu lassen. Die Scheunentore stehen offen und die Schwalben sind ebenfalls schwer beschäftigt, wie man an ihrem regen Flugverkehr sehen kann. Schön ist das alles.

Noch etwas ist zurückgekehrt, was an früher erinnert. Beim Bau der Autobahn sind wunderbare kleine Seen entstanden, die im Laufe der Jahre von Bäumen und Büschen umwachsen wurden. Dazwischen gibt es schöne Badebuchten, die wenig genutzt werden. Lieber fuhr man mit dem Auto zur nahen Küste oder so. Auch mein kleiner See fand wenig Zuspruch, was mir nur recht sein konnte.

Das hat sich grundlegend geändert. Jetzt herrscht Leben am See. Viele unserer Neubürger kennen das auch noch. Ganze Familien rücken an mit Kind und Kegel, mit und ohne Grill, um dort den Tag zu verbringen. Auch Nachtangler stellen abends ihre Zelte auf und hoffen auf einen guten Fang. Wenn ich schon früh meine Runden im See drehe, habe ich alle Mühe, die dort dümpelnden leeren Flaschen einzusammeln und in meinem davon schon ausgeleierten Badeanzug an Land zu bringen.

Wie liebten wir als Kinder diese Tage am Wasser! Um das Eintrittsgeld zu sparen, suchten wir uns eine Stelle außerhalb der Badeanstalt, um dafür einen Reihe Reckpuppen zu kaufen oder eine Rolle Lakritz, die entrollt und in vier spaghettidünne Fäden zerteilt wurde. Oder Salmiakpastillen, als Sterne auf den Handrücken geklebt und geleckt. Das hielt eine Weile vor.

Um an unsere Stelle zu gelangen, mußten wir erst an Lojewskis Herrensitz vorbei und an ihrer Pferdeschwemme. Noch heute sehe ich die Knechte mit den Tieren im Wasser. Daß wir woanders im Sommer hätten sein können, kam uns gar nicht in den Sinn. Für uns war das das Paradies.

In der Erinnerung sammelten sich im Spätsommer die Vögel, um in wärmere Länder zu fliegen. Wo kamen nur all die Schwalben her?!˙ Alle Leitungen der Überspannwerke waren dicht an dicht besetzt. War das ein Zwitschern und eine Aufregung! Immer kam noch einer dazu, quetschte sich dazwischen, was wieder Unruhe verursachte und neue Ordnung verlangte. Und eines Tages waren sie alle fort, was ich nie richtig mitbekam. Leider.

Auch die Störche sammelten sich, schraubten sich schwerfällig hoch, um immer gravitätischer an Höhe zu gewinnen, bis sie die Luftströmung erreicht hatten, auf der sie mühelos segeln konnten, fast schweben. Wir standen da, sahen ihnen nach und stellten uns vor: Alpen, Mittelmeer, Afrika. Oder würden sie die andere Reiseroute nehmen über Griechenland? Wie es da wohl aussah?

Aber die roten Beine lassen mir keine Ruhe. Ich muß nächstes mal das Fernglas mitnehmen, und klappern will ich sie auch hören. Auf meiner letzten Reise sah ich hunderte von ihnen über die frisch gepflügten Felder schreiten. Sie wissen sicherlich noch nichts vom erweiterten Europa. Wenn die wüßten, wie wir sie hier begrüßen würden!

Sich im Herbst sammelnde Vögel sehe ich auch nicht. Liegt es daran, dass es hier keine Überlandleitungen mehr gibt? Wer kann das beantworten?

Bücher

Daß die Oberschicht ihre Bibliothek hatte und sich darin auch zum Teil auskannte, gehörte für uns zu den beneidenswerten Vorteilen, die sie hatte. Wenn ich erleben konnte, dass sich Menschen aus dem „Zitatenschatz der Weltliteratur" bedienten und wußten, aus welchem Werk es stammte, dann hat mich das schwer beeindruckt. Das tut es heute noch. Wie liebte ich es, wenn ich mich verspätet hatte, von Katharina mit den Worten empfangen zu werden: „Spät kommt Ihr, doch Ihr kommt. Der lange Weg entschuldigt Euer Säumen." Etwas ironisch zitiert, denn wir wohnten im selben Haus. Und dass sie wußte, woher es kam, stand ganz außer Zweifel und falls mal nicht, war sofort ihre beste Freundin Elise als Fundus zu befragen, die hatte das Wissen. Toll. Häufig kommt das Lesezimmer oder die Bibliothek in der Literatur vor. Man denke nur an Stifters Nachsommer, welche Bedeutung überhaupt das gesamte kulturelle Leben darin erfährt.

Um vom Personal nicht verstanden zu werden, wurde bei Tisch auf Französisch parliert. Ich glaube, das kommt auch bei den Buddenbrooks vor, bis es dem alten Konsul zu viel wird und er sich darüber mokiert. Das niedere Volk hatte auf Bildung kaum Anspruch. Dem genügten Lebensweisheiten wie: Beklage nie den Morgen, der Müh und Arbeit gibt, es ist so schön zu sorgen für Menschen, die man liebt, oder: Am Abend werden die Faulen fleißig, oder: Müh und Arbeit war ihr Leben, Ruhe hat ihr Gott gegeben und: Eigener Herd ist Goldes wert. Daß meine Großeltern lasen, ist mir nicht erinnerlich. Oma kannte sich in der Bibel aus und im Gesangbuch sowieso. *Wenn ich einmal soll scheiden*, bis zur letzten Strophe, und es verstand sich von selbst, daß wir den Namen des Herrn nicht unnützlich im Munde führten, denn ein schlechtes Gewissen hatte man ständig. Großvater setzte schon eher mal die Brille auf und studierte die Zeitungsblätter, in denen die Fische eingeschlagen gewesen waren. Wer Salz verstreut, verstreut sein Glück und wehe, wenn ein Spiegel zerbrochen wurde! Dann konnte man gleich einpacken und es blieb einem nur noch die Flucht in die Bücher.

Erst in den späten zwanziger Jahren wurden Leihbüchereien eingerichtet, und um die Landbevölkerung an diesem Fortschritt teilnehmen zu lassen, war ein Bücherwagen unterwegs. Was für ein Fortschritt! In der Schule wurde ebenfalls diese Neuerung eingeführt. An einem bestimmten Tag in der Woche durfte in der großen Pause das entliehene Buch gegen ein anderes ausgetauscht werden. Herrlich, ein neues Buch. Ich suchte mir immer die dicksten aus, damit es nicht so schnell ausgelesen war. Wie schade, wenn es auf das Ende zu ging und das Kind wie berieselt zurück ließ.

Für die Tante mußte jeden Tag ein Lore-Roman geholt werden. Am liebsten waren ihr Arztromane. Dazu Schwarz-Weiß-Zigaretten und Bohnenkaffee, der damals sehr teuer war. Sie gehörte zu denen, die erst am Abend fleißig wurden. Dann aber ging es los: Haferflockensuppe für die Kinder gekocht, ins Bett mit ihnen und mit der Freundin Korso gegangen. Für damalige Verhältnisse fortschrittlich. Im Sommer trug sie oft einen Strandanzug, der rückenfrei war und unten mit „Schlag", fast wie Marlene Dietrich. Wow, würde man heute sagen. Aber dann Ende der Vorstellung. Krieg und Flucht veränderten alles, aber nie verließ uns die Leselust. Ganz im Gegenteil, sie wurde zur Sucht. Man konnte sich so aus dem Alltag stehlen, der nicht sehr ermutigend war. Wie oft mit dem Buch versteckt! Romane der Weltliteratur und Klassiker folgten den Sagen und Märchen, die man als Kind verschlungen hatte. Immer ging es da um Verzauberung, Gefahren mußten bestanden werden, wenn jemand erlöst werden sollte. Das war überhaupt der Tenor, immer musste Kopf und Kragen riskiert werden, um „befreit" zu sein. Jorinde und Joringel, die erstarrten und auf Erlösung hofften. Die Vögel in den Käfigen, alles Prinzen, von einer Hexe verzaubert und auf Hilfe harrend. Hänsel und Gretel, von ihren unmöglichen Eltern im Wald ausgesetzt. Gott sei Dank kamen sie auf die Idee, der Alten einen Knochen statt Finger durch das Gitter zu reichen und nach der Verbrennung der Hexe, Friede Freude mit den Eltern, wo das erste Mal der Generationenvertrag zum Tragen kommt: Die Kinder sorgen für ihre Eltern.

Unvergeßlich bis heute das Drama der elf oder zwölf Schwäne, verzauberte Prinzen. Nur einmal im Jahr durften sie mit der Schwester zusammen sein und ihre natürliche Gestalt annehmen. Ihr bleibt es überlassen, sie zu erlösen und dazu gehört, daß sie bis zu einem bestimmten Zeitpunkt für jeden ein Hemd strickt. Es wird knapp und am Hemd des jüngsten Bruders fehlt ein Ärmel, so daß er für den Rest seines Lebens mit einem Schwanenflügel statt eines Armes leben muß. Dafür aber darf er bis zum Lebensende bei ihr bleiben.

Irgendwie nahte immer Hilfe und immer mußte das Böse bekämpft werden, damit das Gute siegreich blieb. Unvergeßlich der Streit der Königinnen: Kriemhilde mit Brunhilde vor dem Kirchentor, wer darf zuerst hinein, nachdem Jung Siegfried hinterrücks gemordet wurde, nur weil ein Lindenblatt zwischen seinen Schulterblättern das Unverwundbarsein verhindert hatte. Gott, hatten die Sorgen, die einen auch ganz mitnahmen. Wie regte mich das alles auf und nie erfuhr man, wie es weitergeht. Wie lebt man mit einem Schwanenflügel, wie zieht man sich da an, wie geht das? Nie erfuhr man zu seinem Kummer, wie es nach dem Ende des Buches den Helden darin weiter ergeht. Deshalb erfand ich für meine Kinder die endlose Geschichte, noch vor der Harry Potter-Zeit. Fortschrittlich, wie man zugeben muß. Man hatte da immer die Möglichkeit, noch etwas zum Guten zu ändern, was tröstlich war. Ich verwendete alles dafür und das alles hatte wenig mit Großliteratur zu tun.

Von einer Freundin hörte ich, dass ihnen als Kinder das Lesen im Bett verboten wurde und an dieses Verbot hält sie sich bis heute. Wie etwas hängenbleibt. Ich wollte meine Kinder unbedingt dahin führen, daß sie lesen. Wenn es Zeit war, ins Bett zu gehen, und sie noch nicht so recht wollten, lockte ich sie: „Wenn ihr jetzt schön gehorcht und ins Bett geht, dürft ihr noch etwas lesen. Das half sofort und ist es nicht auch schön, wenn man mit seinen besten Freunden zusammen ins Bett gehen kann? Wer nicht arbeitet, soll auch nicht essen, war auch solch eine Lebensweisheit, denn seit Kriegsende wissen wir, das Arbeit frei macht. Da kam Gott sei Dank als Retter *Der kleine Prinz* auf den Lesemarkt. Durch das geheimnisvolle Verschwinden seines Verfassers besonders begehrt. Ein Siegeszug, der seinesgleichen sucht, setzte ein, der bis heute anhält. Wenn wir das beherzigen würden, was an Weisheit darin zu lernen ist, wir wären alle „perfekt", neumodisch ausgedrückt, als Menschen. Ich bekam ein Exemplar aus einem Nachlass geschenkt und der Leser vor mir hatte alles, was ihm wert und wichtig war unterstrichen. Das gefiel mir ganz und gar nicht und ich kann es bis heute nicht leiden, dass jemand sich so verewigt. Oft am Rand zusätzlich mit Ausrufungszeichen versehen oder „ha, ha". Manchmal bilde ich mir ein, diesen oder jenen Zeitungsartikel muß ich aufheben, weil er mir so wertvoll scheint, Später, wenn er mir nochmal in

die Hände fällt, überlege ich, weshalb ich ihn wohl aufgehoben habe.

Differenzierter wird das Lesen im Alter. Da werden die
Bücher dünner, haben aber mehr Inhalt. Überhaupt geht
einem durch das Lesen erst ein Licht auf, auch was die
eigene Person angeht. Spät erst kommt ihr, aber ihr
kommt und manchmal muß ich an Kafkas Geschichte
denken *Vor dem Gesetz*, wo ein Mann vor einer offenen
Tür sitzt und darauf wartet eingelassen zu werden. Vor
der Tür steht ein Türhüter und jedesmal, wenn der Mann
eintreten will, weist er ihn zurück und vertröstet ihn auf
später. So bis zum Schluß. Der Mann ist dem Tode nahe,
da wird ihm bedeutet, es war seine Tür, nur seine und sie
wird jetzt geschlossen. Zu spät, weil er sich immer ab-
wimmeln ließ. Auch dieser Text hat mich beschäftigt,
nicht nur Menschen mit einem Schwanenflügel als Arm.

Wenn Ludwig Hohl in einem Brief schreibt, es ist so
schwer ins Dunkle zu sprechen, verstehe ich ihn sofort,
und es ist wunderbar, wenn man in Texten auf etwas
stößt, was das eigene Denken sein könnte. Man verstand
es nur nicht in Worte zu fassen.

Walter Benjamin in seiner *Eisenbahnstraße*: „Wenn
früher unter Menschen im Gespräch Eingehen auf den
Partner sich von selbst verstand, wird es durch die Frage
nach dem Preise seiner Schuhe oder seines Regenschirms
ersetzt. Unabwendbar drängt sich in jede gesellige Unterhaltung das Thema der Lebensverhältnisse, des Geldes.
Dabei geht es nicht um die Sorgen und Leiden des einzelnen, in welchem sie vielleicht einander zu helfen ver-
möchten, als um Betrachtung des Ganzen. Es ist als sei
man in einem Theater gefangen und müsse dem Stück auf
der Bühne folgen, ob man wolle oder nicht, müsse es
immer wieder, ob man wolle oder nicht zum Gegenstand
des Denkens und Sprechens machen." So ist es und daß

er das schon vor mehr als siebzig Jahren gesagt hat, ist tröstlich oder eben auch nicht. Man wird notwendigerweise zum Leser, denn selbst mit nahestehenden Menschen kommt es kaum zu einem richtigen Gespräch. Sofort ist man woanders. Ganz seltsam ist das.

Ich koche und bewirte so gern. Wenn ich das Essen zubereite, überlege ich, wem ich davon abgeben könnte, aber zusammen essen, fällt mir schwer. Dabei liebe ich die Fülle und teile sie gern. Ich las von einem Stamm, der alles zusammen tut, auf die Jagd gehen, sammeln, kochen. Wenn das Essen gar ist, wird es aufgeteilt und jeder nimmt seinen Anteil und verzieht sich damit. Das ist mein Stamm. Walter Benjamin: „Das Essen will geteilt und ausgeteilt sein, wenn es anschlagen soll. Aufs Teilen und aufs Geben kommt alles an, nichts auf das soziale Gespräch in der Runde."

Heute habe ich Apfelstrudel (mit Sahne) gebacken und ein Stück davon erwartet meine Nachbarin, wenn sie nach Hause kommt. Ist das Verhalten seltsam? Wenn schon. Je älter der Mensch wird, desto sensibler wird er. Manches versteht er, auch von sich selbst, zu spät. Deshalb beeilen wir uns und gehen noch durch die Tür, die für uns bestimmt war, die nur unsere war und lassen uns nicht zurückweisen, denn gleich wird sie geschlossen.

Traum

Mir träumte,
Mein Buch wird gelesen.
Mein Buch,
Das es nicht gibt.
Ein Bote trug es
In jedes Haus
Und seine Blätter
Hingen wie Wäsche
Auf den Leinen.
Der Wind brachte
Leben in sie
Und der warme Regen,
Der fiel,
Bestand aus meinen Worten.

Ein Brief an den Verlag

Sehr geehrter Herr,

mit großer Freude habe ich heute Ihren Brief erhalten. Herzlichen Dank! Besonderes Vergnügen bereitete mir Ihre Bemerkung, daß ich mich meisterhaft verstecken kann. Das ist ja fast ein Kompliment.

Das ist es eben, ich habe kein Bild von mir, ich meine damit, kein inneres. Die äußeren Daten sind so: Geboren am 4. Mai 1930, in der kleinen Stadt Barten mit großer Vergangenheit in Ostpreußen (die Ordensritter haben sie gegründet), als zweites ungewolltes Kind meiner Eltern. Mein Vater, von Beruf Uhrmacher- und Optikermeister, hatte da einen kleinen Laden. Meine Mutter, ihm intelligenzmäßig überlegen, verließ ihn, als ich sechs Jahre alt war. Aufgewachsen bin ich dann bis 1945 bei meinen Großeltern mütterlicherseits, die eine winzige Landwirtschaft hatten und wo wir Kinder täglich, ich besonders, zu hören bekamen, daß wir das Stück Brot nicht wert waren, das wir aßen. Das Resultat dieser „Erziehung" waren zwei Bettnässer und Stotterer.

Um den Ehrgeiz meiner Mutter zu befriedigen, quälte ich mich mehr schlecht als recht durch fünf Klassen der Oberen Realschule.

Im Januar 1945 gingen wir mit meiner Mutter auf die Flucht vor den Russen. Dabei fiel mein zwei Jahre jüngerer Bruder diesen in die Hände und blieb bis auf den heutigen Tag verschollen. Auf dem „großen Treck" trafen wir den Liebhaber meiner Mutter, der ihr bei dieser Gelegenheit ein Kind machte und verschwand (er kümmerte sich einfach nicht mehr um sie, obgleich er es gekonnt hätte). In der „neuen Heimat" (Oldenburg) besuchte ich nach einigen strapaziösen Jahren das Kinderpflegerinnen Seminar und bestand das Examen mit „gut". Es gab damals einfach keine Möglichkeit, überhaupt etwas zu lernen. Praktisch war es eine Notlösung. Um die Theorie, die ich in der Schule gelernt hatte, praktisch anzuwenden, heiratet ich.

Als meine Mutter starb, hinterließ sie mir das uneheliche Kind, das ich aufzog. Ich war damals zwanzig.

Ich bekam selbst zwei Kinder, dich ich nach meiner gescheiterten Ehe bei mir behielt.

Seit meiner Scheidung vor fünfzehn Jahren arbeite ich in einer Netzfabrik. Mir obliegt das Zuschneiden und Fertigen von Fischereigeräten, und die Reusen und Zugnetze, dich ich schon zusammengesetzt habe, würden fast die Nordsee füllen, stellte man sie alle auf einmal auf. Die Arbeit liegt mir, und da ich die Tochter eines Uhrmachers bin, schrecken mich auch nicht Fünf-Milimeter-Maschen. Ich versuche, meine Arbeit so gut als möglich zu machen. Nicht leicht, das Zusammensein so vieler Frauen auf engem Raum. Ich denke immer, daß wir, wären wir nicht so zusammengepfercht, edler wären. Durch das Zusammensein kommen die unangenehmen Eigenschaften mehr zum Vorschein: der Neid, der Ehrgeiz, die Geldgier. Alles Seiten, die ich selbst immer in mir bekämpfen muß. Heute bin ich fünfzig und, wie mein Sohn sagt „noch gut drauf". Von Natur aus träge und deshalb immer auf Erfindungen aus, die mir mehr Zeit zum Nichtstun lassen.

Zähneknirschend wähle ich SPD. Obgleich ich das Wort Wirtschaftswachstum nicht mehr hören kann. Mehr als Expansion liegt mir Einschränkung, und ich wäre die erste, die mit Freuden wieder ein Feuer im Herd brennen hätte. Das wäre Fortschritt in meinen Augen. Man kann darauf kochen, hat es gleichzeitig warm, und heißes Wasser hat man immer.

Würde es in unserm Land ein Kastenwesen geben,

gehörte ich der niedersten an: „zäh und gefeit und können alles Fleisch essen."Apropos Fleisch: von kultiviertem Essen halte ich viel, wenn man unter Kultur auf diesem Gebiet nichts Eingefrorenes und Konserviertes versteht. Hätte ich Gelegenheit, züchtete ich mein Gemüse ohne Kunstdünger selbst und hielte mir auch ein paar Hühner und ein Schwein von wegen der Abfälle.

Schriftsteller wie Herr Böll sagen mir gar nichts, obgleich ein Versuch mit *Haus ohne Hüter* bis zum bitteren Ende durchgeführt wurde. Warum? Weil der Bäcker (oder der Fleischer) etwas Unanständiges gesagt haben soll, und ich wollte eben wissen, *was* er gesagt hat. Aber das erfährt man eben nicht.

Dagegen kann mich ein Beitrag wie der von Max Frisch im *Spiegel*, (er begleitete unseren Bundeskanzler nach China) hoch entzücken. Überhaupt schätze ich Texte, die mich zum Nachdenken anregen, sehr. Ja, sie wirken auf mich beruhigend, und nachdem ich jahrelang eine schlechte Schläferin war, habe ich jetzt das Rezept zum Einschlafen gefunden. Einige Sätze von Canetti, Heidegger oder auch ein Kreuzworträtsel verhelfen mir in kürzester Zeit zu einem ruhigen Schlaf.

Außer meinen Niederlagen sammle ich nichts, und meine Wohnung ist, bis auf einige Bücher spartanisch eingerichtet. Na, kennen Sie mich jetzt besser?

Bin 1,69 m groß, wiege 64 kg und bin eben noch „gut drauf", wie mein Sohn sagt, rauche Camel ohne Filter und trinke gern Weine, die südlich von Florenz gewachsen sein sollten.

Verachte aber auch nicht einen hochprozentigen Schnaps. Mein Wille allerdings läßt mich diese Laster in Grenzen halten. Von meiner eigenen Hilfsbereitschaft werde ich oft erschlagen, und ich habe gelernt, auf diesem Gebiet zu differenzieren. Vor kurzem schlug ich das Angebot eines Kapitäns, mit ihm zu leben, aus, denn ich kenne mich allmählich: Während er mit seinem Dampfer die Wellen pflügt, würde ich seinen Garten pflügen. Mit fünfzig habe ich die Freiheit entdeckt, die mir als Kind und Jugendliche verlorenging.

Mein äußeres Leben läßt ein Innenleben zu, das mich glücklich macht.

Meine Kinder, Tochter 29, Sohn 19, halten trotz meiner Fehlverhalten ihnen gegenüber, zu mir. Auch das macht mich froh. Viele halten sie für schlecht erzogen, aber da kann ich nur sagen, daß ich sie überhaupt nicht erzogen habe. Ein Sprichwort aus China sagt: „Willst du deinem Sohne Glück geben, wirf ihn ins Meer." Noch ein Zitat von Emerson, das mir immer gut gefallen hat: „Das Höchste, was ein Mensch im Leben erreichen kann, ist ein intelligenter und heiterer Gesichtsausdruck." Das finde ich wunderbar. Von Intelligenz will ich bei mir schon absehen, aber doch wenigstens heiter. Nachdem ich jahrzehntelang so deprimiert war, daß ich keinen Haken in der Wand und keinen Strick sehen konnte, ohne ans Aufhängen zu denken, und die Straße überquerte ich erst, wenn der Laster schon ganz nah war, geht es mit mir bergauf.

Lieber Herr, ich hoffe, daß durch diese Angaben mein Bild etwas klarer wird für Sie. Trotz eifrigen Suchens finde ich kein Foto neueren Datums von mir. Werde versuchen, eines machen zu lassen, das mich in einer für mich typischen Haltung zeigt. Wenn ich in den nächsten Monaten in die Schweiz fahren sollte, werde ich mich vorher bei Ihnen melden. Auch ich würde mich über einen kleinen Zwischenaufenthalt in Zürich freuen.

16.8.1990

Vieles davon stimmt heute nicht mehr

Bei Thalia

Nach zehn Wochen
mache ich mich auf,
um nachzufragen,
ob meine „Weißen Schatten"
ins Programm genommen werden:
dreißig Prozent Rabatt
das elfte Exemplar gratis.

Es dauert
und ich sehe mich
in dem Riesenladen um.
So viele Bücher
und da willst du mitmischen?
Wer wird das alles lesen.

Gute Leute haben mein Buch besprochen:
Ralph Giordano und
Ulla Lachauer.
Beide waren „berührt"
von meinen Texten.

Jetzt kommt die Verkäuferin.
„Nein, leider nicht."
Es wäre nicht beim Großhändler zu bekommen.
Als ob ich Günther Grass wäre.
Ich bin mein eigener Großhändler
und könnte ebenfalls
sofort liefern.

Ich sehe,
sie haben es nicht einmal geöffnet
in den zehn Wochen.
Etwas beschämt
nehme ich es wieder in Empfang.

Auf dem Nachhauseweg
kaufe ich bei Oxfam, im Antiquariat,
Giordano für zweifünfzig
„Ostpreußische Ode"
und „Ostpreußische Lebensläufe",
von Ulla Lachauer,
für zwei Euro.
Ganz getröstet trotte ich heim.
Die Möglichkeit bleibt noch:
Oxfam, Erlös für einen guten Zweck.

Vielleicht doch lieber Seebestattung

Zu meinen Weihnachtsgeschenken gehörte das Buch einer Journalistin, die sich mit der Krankheit ihres Vaters auseinandersetzen muß. Kurz vor seiner Pensionierung hatte ihn ein Gehirnschlag getroffen und „... hatte alles durcheinander gewirbelt, was er sorgsam und mühevoll in sich verschlossen hatte: die Erinnerungen an die Flucht, die Erinnerungen an die Haft, die Heimatlosigkeit."

Es stellt sich heraus, dass der Vater nicht mehr allein wohnen kann. Das Heim, in das er übersiedeln soll, wird beschwichtigend „neue Wohnung" genannt. Die Tochter hilft beim Sortieren seiner persönlichen Sachen: was soll mit, was kann weg. Erst jetzt lernt sie das Verhalten des Vaters verstehen, seine versteckten Ängste, sein Sammeln, sein oft frisches-Brot-Kaufen, das aber, weil erst das alte aufgegessen werden muß, auch schon wieder alt ist, wenn es gegessen wird. Erst jetzt kann sie manchmal mit ihm über das alles sprechen, versteht es zu deuten. Sie planen eine gemeinsame Reise nach Masuren. Er wird ihr die Försterei zeigen, die Oberförsterei, am See gelegen, in dem er sich frei schwamm. Noch ist es aber nicht so weit. Erst muß in der neuen Wohnung das mitgenommene Mobiliar aufgestellt werden, das Bild seiner Mutter, der Frau Oberförsterin, die sie nie kennen lernte, die Nachkriegszeit hatte das nicht zugelassen, aufgehängt werden. Sie ordnet mehr als dreißig Bücher über Ostpreußen in das Bücherregal. Beliebte Weihnachts- oder Geburtstagsgeschenke, wenn ihnen nichts anderes eingefallen war. In einem Karton hat sie alte Briefe gefunden, die er aufbewahrt hat, die das vergangene Leben dokumentieren und die Schwierigkeiten erahnen lassen, die er zu bestehen hatte. Hatten sie ihm überhaupt mal zugehört, fragte sie sich beim Sortieren seiner Habe? Vielleicht ist das aber auch erst im Erwachsenenalter möglich.

An manchen Tagen fällt ihm das Erzählen leicht und ein andermal muß sie das Fragen einstellen, aber erst jetzt begreift sie den dreizehnjährigen Jungen, der allein mit seiner kleinen Schwester den Fluchtwagen von der Försterei in den großen Treck einfädeln muß, der Rettung bringen sollte. Als ob der Schlag im Gehirn ihn die Worte finden ließ, um darüber berichten zu können. Vater und Tochter nähern sich soweit an, daß die Reise tatsächlich vonstatten geht und er ohne Verbitterung mit ihr in seinem Geburtshaus sitzen, ihr den See zeigen kann und seine Freude ist riesig, als ihm der Sohn des Nachfolgers seines Vaters ein Geweih schenkt. Ein Hirschgeweih mit elf Enden, das ihn fortan in jede „neue Wohnung" begleiten wird, denn diese neue wird nicht die letzte sein, weil sein Zustand immer noch einen Umzug nötig machen wird.

Jetzt wird auch über seine Beerdigung gesprochen. Seebestattung soll es sein. Die Tochter soll Erkundigungen einholen. Das macht sie. „Wenn die Urne im Frischen Haff versenkt werden soll, ist die Abfahrt in Tolkmicko. Soll die letzte Ruhestätte die Ostsee sein, wäre Abfahrt in Danzig", sagt der Kapitän am Telefon. Sie fragt nach Ännchen von Tharau, das sich der Vater wünscht. „Läßt sich einstudieren", sagt der Käpten, der auch das Schifferklavier spielt. Und Großer Gott wir loben Dich? Auch kein Problem, meint der Allroundman. „Na also", meint der Vater, als die Tochter Bericht erstattet. Nur die Sache mit dem Bärenfang haut nicht hin. Auf dem Schiff gibt es nur Schnaps. „Bärenfang müssen wir selbst mitbringen." „Machen wir", sagt der Vater, einmal Ostpreuße, immer Ostpreuße.

Da wird doch tatsächlich in einem der Heimatbriefe gefragt, ob man sich noch als Ostpreuße fühle. Man könnte doch glatt in Brass kommen! Man *ist* Ostpreuße, ob man will oder nicht, auch wenn man sich gar nicht als solcher fühlen mag. Was für eine Fragestellung! Dabei ist es gar nicht so leicht mit dieser Natur zu leben. Man denke nur an die Figuren bei Siegfried Lenz. Diese Langsamkeit, dieses sich-bedenken-Müssen, dieses so langsame-in-Fahrt-Kommen. Und das in dieser schnelllebigen Zeit. Eher kommen wir mit einem langsamen Walzer als mit einem Boogie Woogie oder Twist klar.

Beim Lesen des Buches wurden auch mir verschiedene Verhaltensweisen an mir selbst bewußt: das Horten von Grundnahrungsmitteln. Wenn ich unterwegs bin und ein Bauer bietet Kartoffeln an, zehn Kilo im Sack, wuchte ich den hinten aufs Rad. Manchmal habe ich drei solcher Säcke auf Vorrat! Dabei bin ich ein Einpersonenhaushalt!

Wenn ich auf Reisen bin, beobachte ich bei meiner Reisegefährtin morgens das verstohlene Schmieren eines Butterbrotes, das in einer Papierserviette in die Tasche wandert. Nichts weiter als ein einfaches Butterbrot. In ihrem Zimmer kommt es zu anderen schon gehorteten Päckchen. Zwänge. Wenn du einmal in deinem Leben fast verhungert bist, vergißt du das nie, erklärt sie mir. So ist das und wir beide werden wütend, daß uns die Landwirtschaftsministerin ermahnen muß, sorgfältiger mit den Nahrungsmitteln umzugehen. Den Schuh müssen wir uns nicht anziehen.

Übrigens, der Vater in dem Buch, ist noch nicht gestorben und die Seebestattung war auch noch nicht. Tolle Idee. Was meine Kinder wohl sagen würden, wenn sie diesbezüglich meine Wünsche erfahren würden: letzte Fahrt ab Danzig. Seebestattung. Bin ich noch gar nicht drauf gekommen. „Was du dir alles so ausdenkst", würde meine Tochter sagen. „Du hast zuviel Zeit." Aber Bärenfang, den könnte ich schon mal kaufen, auf Vorrat. Wird nicht trocken und hält sich.

Bilderbuch

Jeder hat ein Bild
von der Kindheit
sich gebastelt.
Darin das Elternhaus, in dem er „so geborgen".

Das Fundament
nicht mehr zu erschüttern.

Nicht das Bild,
das Haus
sein ganzes Umfeld
muß Mühe haben,
dem sich anzunähern.

Kein Ort für unsere Trauer

oder
Rechts oder links

Für meinen Bruder Hans Bethke

In Landsberg aus der Molkerei getrieben,
konntest du nicht wählen.
Du hattest keine Chance –
die Kalaschnikow zeigte nach rechts.

Wie war es zum Schluß?
Tod durch Erschießen, Erschlagen,
Vielleicht Folter sogar?
Ich bete, daß es schnell ging.

Ich hätte so gern einen Bruder gehabt,
so wie es einstens gedacht –
Aber du mußtest nach rechts
und voll lag der Graben mit Brüdern im Schnee.

Mein Lieber, wie soll ich da schlafen?
Mit diesen Bildern im Kopf,
von Flucht und Vertreibung,
vom Treck, auf dem wir uns verloren.

Wie wir um alles betrogen wurden,
Kinder, die damals wir waren:
um das Lachen und Frohsein,
um das in Obhut Erwachsenwerden.

Noch immer – fünfzig Jahre danach – fehlt jede Spur,
kein Ort für unsere Trauer.
Doch du sollst wissen, Hans,
daß nie ich vergaß, an dich zu denken.

Frühe Kindheitserinnerungen

Zu meinen frühesten Kindheitserinnerungen gehört das Hören von Schallplatten. Grammophone kamen damals auf, noch bevor das Radio seinen Einzug in die Welt antrat. Ihr Klang ist mir bis heute im Ohr geblieben. Es waren Schellackplatten, die leicht einen Kratzer bekamen, sie mußten deshalb sehr sorgfältig behandelt werden. Bekamen sie gar einen Sprung, mußte man die Nadel darüber hinwegsetzen, sonst gab es Stocken und das Lied war aus. Dieser geheimnisvolle Zauberkasten hatte es mir angetan. Da gab es Richard Tauber, Enrico Caruso mit ihren Bravourstücken, dann natürlich die Balladen von der Uhr, die da bis zum Tode immer den richtigen Ton geschlagen hat, da gab es Tom, der Reimer, der am Kieselbach lag und auf einmal kommt die Königin auf einem „weißen Roß" und er fällt auf's Knie. Gott, war das aufregend und wie war man als Kind begeisterungsfähig! Aber noch viel mehr begehrte ich die Lieder zu hören, die „zu Herzen" gingen, die das „Küchenpersonal" bei der Arbeit sang, die das Leben schrieb und die sich mir tief einprägten. Heute kann ich noch alle Texte. Wieso eigentlich, frage ich mich.

Ich muß sechs oder sieben Jahre gewesen sein, als dieser Wunderkasten ins Haus kam. Weil ich zu klein war, mußte ich immer jemand überreden, der das für mich bewerkstelligte, wenn die Eltern aushäusig waren. Aber dann: erstmal den Deckel von dem viereckigen Holzkasten anheben, nach hinten stellen, bis er von selbst durch einen dafür vorgesehenen Mechanismus feststeht, dann die gewünschte Platte aus der Hülle nehmen und auf den Plattenteller legen. Vorn die beiden Türchen öffnen, hinter denen sich die Lautsprecher befinden, den Tonarm anheben, nach hinten drücken, bis es knackt, und versuchen, die Nadel, die im Tonkopf steckt, in die erste Rille der langsam in Fahrt kommenden Platte zu setzen. Nun konnte man den Deckel schließen und die Augen, wenn man wollte, und sich dem Genuß hingeben. Das erlaubte ich nie, der Deckel mußte aufbleiben. Ich mußte den sich drehenden Teller sehen und legte manchmal ein Federchen oder etwas anderes Leichtes in die Mitte und wunderte mich, warum das unweigerlich ins Aus getragen wurde. Und warum dreht sich die Platte wellenartig, war auch etwas, was ich nicht begriff. Eigentlich heute auch noch nicht. Und warum stand auf der Plattenhülle „die Stimme seines Herrn", neben dem abgebildeten Hund?

Aber das größte Wunder waren die Geschichten, die ins kindliche Herz gingen und zu Tränen rühren konnten. Warum nur saß Mariechen weinend im Grase, warum schlugen die Wellen schaurig und der Mond schien geisterbleich? Gott sei Dank, sie kriegt die Kurve und rettet Kind und sich: „Nein, wir wollen leben, wir beide du und ich, dem Vater sei es vergeben, [...] wie glücklich machst du mich." Gerettet alle beide.

Das ging nicht immer so gut aus, das packte mich noch viel mehr. Die Geschichte mit dem Mädchen, das sich einem „Treulosen" hingibt und nach einem dreiviertel Jahr am Ufer steht und weint „Liebe ja Liebe, bringt manchen ins Grab ..." Und dann der Sprung ins Wasser. Herzzerreißend. Warum aber nach einem dreiviertel Jahr gerade? Unbegreiflich für das Kind. Na, und die Gärtnersfrau durfte natürlich auch nicht fehlen und auch nicht das Lied von den drei Lilien, die auf das Grab gepflanzt wurden, und wenn nicht alles täuscht, war der Knabe, der das Röslein brach, auch nicht ohne. Das alles beschäftigte mich schwer und es dauerte, bis ich begriffen hatte, was da Sache war. Da sind die heutigen Kinder in dem Alter längst aufgeklärt. Hoffentlich machen sie es besser. Vielleicht ist auch nicht mehr soviel schädliche Phantasie vorhanden. Ich wüßte heute noch nicht, wen ich damals hätte fragen können. Klemperer berichtet in seinem Tagebuch, dass er seine Mutter mal unterwegs fragte: „Was heißt eigentlich schwanger?" Und sie antwortete ihm, daß man das nicht fragt. Und er: „Ach, ich weiß schon", und schämt sich, schreibt er. Er ist immerhin schon ungefähr fünfzehn Jahre alt. Der war so dämlich wie ich, will mir scheinen. Vielleicht machte auch das heimliche Tun mit dem Grammophon, wenn keiner da war, das zweifelhafte Vergnügen so tragisch, daß ich mich gar nicht beruhigen konnte und es bis heute noch nachwirkt. Seltsame Sache.

Unsere Grande Dame in der Politik, Madame Hamm-Brücher erzählte mit neunzig, daß sie, als sie in jungen Jahren ein Kind bekam, das Elternhaus verlassen mußte, und das Schlimmste an der Sache war, das das Kind von einem verheirateten Mann war, der noch nicht geschieden war. (Nebenbei gesagt, sie ist seit Ewigkeiten mit dem Vater ihres Kindes verheiratet. Ich glaube, seit mehr als siebzig Jahren.) So war das sogar in solchen Kreisen, die doch leicht hätten darüber stehen können.

Im 17. Jahrhundert kam in der Malerei der Manierismus auf, die Figuren bekamen etwas Unnatürliches, Verdrehtes, Gedrechseltes. Das kommt auch in der Literatur vor, denkt man an Goethes Wahlverwandtschaften, wo alles über Kreuz geht, irrsinnige Gespräche geführt werden über Erdbewegung, Gärten, ein Hauptmann die Dame des Hauses liebt und Eduard ein junges Mädchen, das aus unglücklicher Liebe nichts mehr ißt und trinkt und so dem Tode anheimfällt. Ähnlich bei Adalbert Stifter, wieder ein alterndes Paar, das sich in der Jugend nicht bekam und erst im Alter, nachdem Mathilde einem anderen Kinder geboren hat, sich findet und Friede Freude

Eierkuchen. Alles unbefriedigend für Menschen, die Moritaten lieben. Hinzu kommt, daß das natürlich Verhältnisse sind, wo Geld genug ist, um im wahrsten Sinne des Wortes Berge versetzen lassen zu können.

Der Gutsherr, der das Recht der ersten Nacht besaß, was es auch gegeben haben soll, fand schon für seine Mädchen, die er geschwängert hatte, einen Knecht als Mann oder einen alten Witwer, der mit einem kleinen Betrag seine alte Mühle wieder zum Laufen bringen konnte.

Das alles ist noch nicht einmal lange her, wo man seine „ehelichen Pflichten" zu erfüllen hatte, wo Er der Haushaltsvorstand war und seine Zustimmung geben mußte, wenn die Ehefrau sich etwas verdienen wollte. Es war eben so und wir hielten still und den Mund. Selbst unter Freundinnen war das kein Thema. Wir spielten Heile Welt und wie's da drin aussieht, geht niemanden etwas an. Und von der größten Sorge, die uns alle bewegte, kein Wort. Kein Wort davon, daß man den ganzen Monat Tag für Tag sich fragte, kommen sie oder nicht. O mein Gott, nicht schon wieder.

Vater werden ist nicht schwer, hieß es, schwerer, es nicht zu werden. Wir waren ja keine Leute mit großem Geldbeutel, die ihre Nachkommen dem Personal überlassen konnten.

Aber auch die hatten es schwer, lieber kein Tadsch-Mahal wie Kaiserin Mumtaz-Mahal, die bei der Geburt ihres, ich glaube, dreizehnten Kindes, das sie ihrem Kaiser auf einem Kriegszug gebar, an den Folgen starb. Auch unsere vergötterte Königin Luise, ebenfalls durch unzählige Geburten geschwächt, mußte jung sterben. Vielleicht hätte sie doch Napoleon bezaubern können, ohne Schwangerschaft.

Heinrich Böll berichtet in seinem *Irischen Tagebuch* von den vielen netten, unglaublich armen Kindern dort, die nach dem Siegeszug von „the pill" von der Bildfläche verschwanden, sehr zu seinem Bedauern. Sowas kann nur ein Mann sagen.

Was haben die jungen Leute es heute gut auf dem Gebiet, die sich fragen können, gehen wir zu mir oder gehen wir zu dir. Ist das nicht herrlich? Niemand wird heute mehr als asozial gelten, der mit einem Mann zusammenlebt, der noch nicht geschieden ist, oder der ein uneheliches Kind bekommt. Wenn keine Harmonie da ist, dann ist Singlelei besser. Man kann sich rund um die Uhr Kaffee kochen und ein Tadsch-Mahal braucht man auch nicht. Natürlich gibt es hin und wieder ein altes Ehepaar zu sehen, das in Harmonie lebt. Sie haben fast den selben Schritt und Tritt und sie rühren mich sehr.

Damit die Spießer etwas Kühnes lesen, wie Bert Brecht sagen würde, stand heute in der Zeitung, dass unser Altbundeskanzler Helmut Schmidt, über dreiundneunzig, eine neue Frau an seiner Seite hat, die ihm sehr hilfreich ist, wie er es nennt. Bravo, *dem* wäre ich auch gerne eine Hilfe gewesen. Gratuliere, er macht uns was vor und macht Hoffnung auf die nächsten zehn Jahre. Ich muß mir etwas Heiteres auf den Plattenteller legen, keine Moritaten heute, auch nichts von Rückert und Goethe, lieber „Theo, wir fahr'n nach Lodz". Mal sehen.

Ein Tag im Mai

Um 11 Uhr habe ich einen Arzttermin. Als ich ankomme, sitzen da fünf Personen, die vor mir drankommen werden. Also Lesestoff ausgesucht: Vor mir liegt die *Herbstzeitlese*. Mit Vergnügen lese ich die Geschichte von Ulrich Riedel über den Pinienzapfen und den Baum, der inzwischen im kühlen Norden wächst.

Assoziationen werden wach, wie es mit uns war, nach dem Kriege vertrieben, verpflanzt! Geht es uns nicht wie dem Pinienkern? Immerhin, wir faßten Wurzeln und überlebten. Nicht einmal zu schlecht. Heimaterde allerdings wurde sie uns nicht.

Ulrich Riedel schließt mit der Bitte an die Leser, zu schreiben, woran sie Freude haben.

Jede Woche mache ich einen Besuch in einem Alten- und Pflegeheim. Diese Woche gehe ich zweimal, angeregt durch den Pinienbericht. Auf meine Frage, wie es geht, höre ich: „Ich lebe noch, kann mich aber nicht mehr freuen." Verstehe ich sofort. Wer kann sich noch freuen, wenn der liebste Mensch gestorben ist und man auch noch aus der vertrauten Umgebung heraus musste. Es ist schwierig, sich im Alter zu freuen, wenn die Kinder keine Zeit haben, sich um einen zu kümmern. Nicht jeder ist noch „fit for fun", wie es heute so schön heißt. Nein, der alte Mann, dem ich jetzt in den Rollstuhl helfe, ist ganz und gar nicht fit. Ich bin's auch nicht. Aber wir nehmen das Wagnis auf uns und gehen dorthin, wohin alle Weltabgewandten gehen: in den Botanischen Garten, der in seiner Frühlingspracht unsere alten Herzen erfreut. Es kann immer das letzte Mal sein, denke ich.

Ich versichere mich, daß das Hörgerät bei ihm eingeschaltet ist, frage nach früher und lasse mir erzählen, wie schön das Leben mit seiner Frau war. Ich empfehle ihm, dankbar zu sein für das Vergangene. Ich, die ich mir das selbst jeden Tag sagen muß. Zuletzt gehen wir singend durch den Garten und der im Rollstuhl dirigiert „Grüß Gott, du schöner Maien!"

Es wird Zeit, daß wir ins Heim zurückkehren. Abendbrotzeit. Als ich mich verabschiede, versichert er mir, daß mein Besuch ihn sehr erfreut hat. Er will mir die Hand dafür küssen. Wie dankbar ein Mensch werden kann, wenn seine Freuden anscheinend alle vergangen sind und er doch noch ein bißchen Freude findet.

Und ich? Ich würde mich freuen, diesen Bericht über die Freude in der nächsten Herbstzeitlese – wenn es wieder zu warten gilt – zu lesen.

Was auch in der nächsten Nummer geschah!

Merkwürdig

Wieder mal steht
die ganze Nation unter Schock.
Wieso eigentlich?
Für das Elend nebenan
kein Gespür.

Wie aufgebläht die Berichterstattung
wie laut die Schweigeminute.
Und der Fun
must go on.

Das alles ist unwürdig
einer Generation,
die aufgeklärter sein sollte
nach Katastrophen.

Plüschtiere en masse
Blumen ohne Ende
und hunderte Kerzen am Zaun.
Die reinste Umweltverschmutzung.

Warum dies Laute
wo es an Stille fehlt?
Oder gerade deshalb?
Ich greife nach den Sternen
und fall vom Balkon.

Danach wurde das Gitter erhöht
aus Sicherheitsgründen.
Nicht das vom Balkon.
Kann man sich negativ erbauen?

Zeitungsinserat

„Sie hat durch ihr feinsinniges Wesen und ihre sensible Anteilnahme die Gemeinschaft unserer Straße geprägt. Die Liebe zu ihrem einzigartigen Blumengarten und ihre Kenntnis um die Pflanzen wird vorbildhaft in uns nachhalten. Wir trauern sehr um sie. Die Straßengemeinschaft."

Immer wenn das obligatorische Straßenfest anstand, der Anruf: „Wir müssen flüchten." Zu wem? Zu mir. Meine Freunde waren keine Freunde von Straßenfesten und auch nicht von Stadtfesten. Ich auch nicht und so ergänzte es sich. Lieber hier in meiner kleinen Bude. Weil sie mitten in der Stadt ein Haus bewohnten und in den letzten Jahren immer mehr städtische Feste aufkamen, wurde es oft laut und für sensible Naturen unerträglich. Also zu mir. Warum ich, gerade ich, auserwählt wurde, frage ich mich heute noch. Geistig konnte ich ihnen nicht das Wasser reichen, aber mein Whisky war gut, ich machte die beste Dillsoße („Ewa bekommt das nie hin") zum Fisch, bei mir gab es die frischesten Aale und der Vino Tinto war auch nicht von schlechten Eltern, kam aus dem Ebrotal, war samtig und hatte einen wundervollen Abgang, wie man so schön zu sagen pflegt. Nur das?

Außerdem konnte ich gut das Haus und den einzigartigen Garten mit seinen Blumen betreuen, wenn Ferien angesagt waren. Und die gab es reichlich: im Sommer sechs Wochen, Ostern und im Herbst jeweils noch vierzehn Tage. Am letzten Schultag waren schon die Koffer gepackt und der nächste Tag sah die Familie bereits in Italien oder Slowenien. Sie liebten beide den Balkan und dahin ging es ebenfalls oft.

Also war es mir nicht zuviel, jeden zweiten Tag mindestens, mit dem Rad fünf Kilometer durch den dichtesten Verkehr zu kurven, um dort nach dem Rechten zu sehen. „Nimm dir bloß Rosen", hieß es. Irgendwie muß ich ein anderes Auge haben, es gab selten welche zu schneiden. Entweder waren es gerade mal Miniknospen oder sie waren schon morbide und am Verblühen. Na und außerdem sind sie am besten im Garten aufgehoben, meiner Meinung nach. Aber an der alten Mauer stand ein Feigenbaum, von Ewa gepflanzt, der in den letzen Jahren Früchte trug, die wir kosteten und die nicht genug gelobt werden konnten. Überhaupt, dieser sensationelle Blumengarten hatte vielleicht siebzig Quadratmeter Fläche und seinen Zauber gab ihm seine Lage: ein Stadtgarten, umgeben von alten Häusern, feuchte Ziegelsteine sorgten selbst an heißesten Tagen für angenehme Kühle. Ewa hatte einen Miniteich in der Mitte angelegt, in dem es eine Wasserrose gab und Gräser. Neben den geliebten Rosen wuchsen Lilien in verschiedenen Größen und Farben. Auch eine Kräuterspirale hatte sie aus alten Ziegeln und Erde angelegt. Lorbeerbäume in Töpfen vermittelten südländisches Flair.

Wenn der Herr Professor von einem Vortrag aus der Welt zurückkam, brachte er manchmal ein neues Cocktailrezept mit. Aus Südamerika einmal: auf gestoßenes Eis wurde weißer Rum gefüllt, Maraschinokirschen und Kokosmilch kamen dazu. Gott, waren wir beduselt unter den Lorbeerbäumen! Ungewohnt und viel zu süß. Da war das Rezept aus Wodka und Lemon, aus Russland mitgebracht, schon unserer Natur gemäßer. Aber sein Leib und Magengetränk war und blieb bis zuletzt Scotch. Den Abend vor seinem Tode waren sie noch bei mir und sie sprachen über ihre Urlaubspläne und ich hörte ihrem Dialog zu. Ja, so war es, als ob sie zu mir kämen, um sich bei mir zu unterhalten. Und dazu wurden schachtelweise kleine schwarze Zigaretten geraucht, obskure Sorten, die beim Anzünden wie Wunderkerzen waren und ein leichter Funkenregen drohte Sessel und Teppich mit Brandflecken zu ruinieren. Daß ich nicht lungenkrank wurde, wundert mich heute noch. Der Gestank hielt sich mindestens eine ganze Woche in meiner Einzimmerwohnung. Aber was tut man nicht alles für seine Freunde und was erduldet man nicht für sie. Und das ist auch in Ordnung so. Ich denke oft an die Zeit und bin froh, daß sie Vergangenheit ist, und so geht es mir mit den meisten Erinnerungen, zurück wünsche ich mir keine von den gelebten Zeiten.

Wirklich, ich wurde zu allem gut gebraucht und ich, ich weiß heute nicht mehr, warum ich sie so bewunderte, oder doch? So bin ich und so bleibe ich, hoffentlich nicht. Ich muß immer jemanden haben, den ich bewundere und für den ich die beste Soße mache. Er wußte um mich, schließlich war er Psychologe, und ich glaube sogar ein guter. Ob es Geben und Nehmen war? „Suchen Sie sich das Beste aus", riet er mir mal, als ich zweifelnd auf meine Vergangenheit Rückschau hielt.

Sie waren wie Zwillinge. Wo er war, war sie und umgekehrt. Durch ihn kam sie in der Weltgeschichte herum, allein hätte sie niemals eine Reise gemacht, nie. Er gab ihr die Sicherheit, die sie brauchte. Er knüpfte Verbindungen, suchte die Urlaubsorte aus, die oft mehr als zwanzig Jahre immer wieder aufgesucht wurden und zur zweiten Heimat wurden, auch für ihre Kinder.

„... Der Preis für die Abhängigkeit ist hoch, höher als der Gewinn, denn was wir verlieren, falls wir es überhaupt je gekannt haben, ist das Gespür für unsere Entwicklung aus eigenem Potential und eigenem Impuls. Selbst wenn das, was wir bekommen, mehr ist als alles, was wir je aus eigenen Kräften erlangen könnten, so ist es doch weniger als das Geringste, was aus unseren eigenen Wurzeln wächst. Mehr noch: wir können nicht mit offenem Herzen nehmen, wenn sich in unserem Leben Geben und Nehmen nicht die Waage halten." Peter Schellenbaum sagt das in einem seiner Texte. Das gilt es zu lernen. Wenn einer noch mit sechzig zu seiner 85-jährigen Mutter Mammilein sagt und der 80-jährige zu seiner alten Frau Mäuschen, wird mir komisch zumute, so wie ich es auch nie mochte, wenn mein großer Zampano mich ähnlich betitelte. Da ist es wieder, warum begehrte ich nicht auf und sagte, daß mir das nicht gefällt. Warum spielte ich das Spiel mit? Die berühmte Abhängigkeit eben. „Man muß doch wissen, wo man hingehört", sagte der Vater meiner Kinder, als ich den Wunsch nach Trennung äußerte. Irgendwie klammern wir alle uns irgendwo fest: an den Kindern, am Partner, auch ein Garten kann zur Obsession werden, Katze oder Hund müssen herhalten, alles muß Ersatz bieten für etwas, was man nicht zu leisten vermag.

Es gibt immer welche, die helfen müssen, und die ständig auf der Suche danach sind, sind selbst oft hilfsbedürftiger als derjenige, dem sie Hilfestellung leisten möchten. Mit 82 Jahren fange ich an, das zu begreifen, daß sich aus mir selbst etwas entwickeln muß. Unabhängige Entscheidungen treffen, lernen, das Geld für mich auszugeben, für etwas, daß mir wirklich sinnvoll zu sein scheint. Freier, stolzer werden. Ewa rebbelt sich auf für ihre Kinder, meinte er und warum machen das die meisten Mütter? Weil es soviel bequemer ist für andere, als für sich selbst etwas zu tun. „Beklage nie den Morgen, der Müh und Arbeit gibt, es ist so schön zu sorgen für Menschen, die man liebt." Schrecklich, diese alten Sprüche.

Ewa malte und die Bilder aus ihren jungen Jahren schmückten das ganze Stadthaus. Dann, das kenne ich, kommt die große Pause: Kinder, Dienst, Ferien, immer in Gesellschaft, dabei geht das verloren, was das eigentliche unseres Wesens ausmacht. Es wird verschüttet und als ich nach seinem Tode einmal anklingen ließ, sie solle doch die Staffelei und die Farben wieder hervorholen, war sie mir mehr als böse, ja, es kam zum Bruch.

Nach seinem Tod hatten wir beide versucht, einige Jahre hindurch weiterzumachen mit Kochen, Rauchen, Trinken. Aber es wurde nie mehr so wie zu dritt, ja, ich erstarrte noch mehr. Aber wenn Urlaub war, betreute ich nach wie vor den Garten und das Haus, half, wo ich konnte. Immer. Als ich sie einmal nach längerer Zeit in der Stadt traf, gingen wir auf einen Kaffee in eine Konditorei, und erst da begriff ich zum ersten mal, daß ich weiter gekommen war, während sie immer noch an den Kindern rebbelte, die ihr „ganzes Glück" waren. Schweres Glück, auch für die Kinder, denke ich.

Ich muß alt werden, damit ich Zusammenhänge begreifen lerne und frei zum Tode werde. Vermessen ist das?

Wie hätte ich ihr den letzten Sommer in ihrem einzigartigen Garten gewünscht, was durchaus machbar gewesen wäre. Zuletzt sah ich sie unter Umständen, die ihrer wirklich nicht würdig waren. Von „Einzelhaft" sprach sie und „Käfighaltung" und so war es auch. Mit ihrem Einverständnis erkundigte ich mich nach anderen Möglichkeiten und es wäre mit gutem Willen gegangen. „Denk mal, ich könnte den Sommer in meinem Garten sein", sagte sie zuletzt. Als ich dann ins Heim kam, sah ich, daß etwas mit ihr passiert war. „Laß mal, ich will keinen Streit", meinte sie und als ich einen Anruf von der Tochter bekam, war auch ich fertig. Zurückgepfiffen. Besuch ja, Themen nur Politik und Literatur, kein Haus, kein Gartengespräch erwünscht. So ist das eben, wenn man nicht aufbegehren kann. Schade, unendlich schade, wir haben so wenige Sommer und die, die uns beschieden sind, sollten wir uns nicht nehmen lassen, egal von wem. Ich habe keinen Garten, meiner ist die Natur, durch die ich fahre mit dem Rad und manchmal überkommt mich dann das Gefühl, als führe ich nach Haus.

Ich war an ihrem Grab, das mit hunderten von Rosen überdeckt ist und in dem sie hoffentlich sich von ihrer Einzelhaft erlöst fühlt. Er sagte mal an einem unserer Abende, für Ewa ist das Glas immer schon halb leer. Kann man das lernen, das es halb voll gesehen wird?

Austherapiert

Für Gisela

Sie haben mich zum Sterben
nach Hause geschickt,
sagt sie am Telefon.

Wieder ist jemand,
den ich seit Ewigkeiten kenne,
todkrank.

Wie gehe ich damit um,
wenn der andere weiß,
er ist austherapiert?

Normal, sagt sie,
sprich normal mit mir.
Tu mir den Gefallen.

Sie mag kein Essen auf Rädern,
sie selbst hat zu gut
und zu gern gekocht

Genau wie ich ihn machte,
meint sie,
als ich mit Apfelreis komme.

Wie jung sie aussieht.
Ich sehe das junge Mädchen,
das sie mal war.

Unter ihrem Gummistrumpf
am unförmigen Fuß:
rosa lackierte Nägel.

Das bringt mich um.
Ich heule, ich heule.

„Wenn du denkst, es geht nicht mehr ..."

Wenn ich als junger Mensch Leuten begegnete, die vor sich hin sprachen oder sangen, dachte ich, die sind nicht mehr ganz frisch, und daß ich selbst mal dazu gehören würde, wäre mir nie in den Sinn gekommen. Heute empfinde ich das als ganz normal. Aber nicht alle alten Leute tun das, so wie manche auch nicht schwerhörig werden. Wie kommt das? Müßte mal untersucht werden. Liegt es am Wesen der Menschen, seinen Genen? Eventuell hat das mit Intro- und Extrovertiertheit zu tun. Ich jedenfalls bin immerzu am gange, ob in der Wohnung oder draußen, selbst auf dem Rad rede ich vor mich hin. Einmal, ich habe ziemlich gegen den Wind anzukämpfen, sagte ich mehrmals: „Eigentlich kann ich gar nicht mehr." Plötzlich eine Stimme neben mir: „Dann fahren Sie wenigstens rechts ran, damit ich Sie überholen kann." Wirklich wahr, also rechts ran und statt zu brabbeln, singe ich mir nun eins.

Es gibt Tage, da kann man wirklich nicht mehr, ist niedergeschlagen, hat zu nichts Lust, fühlt sich verlassen von aller Welt und sehnt sich in eine Zeit zurück, die es nie gegeben hat und die auch nicht besser war, nein, ganz im Gegenteil.

Soweit gekommen, geht es wieder und ich beschließe, noch eine Runde zu drehen. Altenheim oder Friedhof? Beides an einem Tag wie heute, schwer zu ertragen, doch als ich am Altenheim vorbeikomme, sehe ich zu Lottes Fenster hoch. Es ist dunkel. Ob was mit ihr ist? Also doch Besuch im Altenheim. Weil Weihnachten ist und einige der Bewohner vielleicht von ihren Verwandten abgeholt worden sind, scheint es leerer als sonst zu sein. Ob sie auf Besuch bei ihren Kindern ist? Ich klopfe an ihre Tür, erst leise dann lauter, und weil sie schwerhörig ist, öffne ich die Tür vorsichtig, als keine Reaktion kommt. Sie merkt immer noch nicht, daß jemand gekommen ist. Erbarmungswürdig, wie sie zusammengesunken in ihrem Rollstuhl sitzt und eingeschlafen zu sein scheint. 94 ist sie jetzt. Ich wedle mit den Armen, versuche mich bemerkbar zu machen und als alles nichts hilft, berühre ich sacht ihr Knie. Sie fährt hoch, besinnt sich, strahlt als sie mich erkennt: „Wie schön." Sie bringt sich in Position und ich sehe, wie das Leben in sie zurückkehrt.

Wie festlich sie gekleidet ist! Seidenbluse in einem zarten Gelb und schwarze Hosen. Ihr immer noch volles Haar ist geschnitten und mit all ihren Gebrechen ist sie immer noch eine schöne Frau. Ich brülle ihr das ins Ohr und sehe, wie es ihr gefällt. Um ihr das Hören nicht zu erschweren, außerdem ist es anstrengend, so zu brüllen, bringe ich sie ins Erzählen. Ich staune immer wieder, was sie zutage fördert und ich noch nie gehört habe. Es muß in ihr darauf gewartet haben, erzählt zu werden. Heute höre ich die Geschichte von der Kuh in der Garage zum ersten Mal.

Ihre Eltern hatten bis Kriegsende ein Café betrieben, „Schöne Aussichten", etwas außerhalb von Rostock. Die Sieger richten dort die Kommandatura ein, nachdem sich das übliche Chaos gelegt hat. Sie war damals eine junge Frau und hatte bald raus, wie und wo man sich am besten versteckte. „Plötzlich hatten wir eine Kuh in der Garage", erzählt sie, die leer stand, weil das Auto von der Deutschen Wehrmacht beschlagnahmt worden war. „Vater hatte einen Clubsessel in schwarzem Leder, ein Riesending", erzählt sie, mit silbernen Knöpfen bestückt, auf den einer der russischen Offiziere scharf war. Weil der Vater dachte, sie nehmen ihn sowieso „und bist du nicht willig, so brauch ich Gewalt", zitiert sie, so wird verhandelt: Milch gegen den Sessel. Jeden Tag einen Liter. So einigen sie sich und „wissen Sie, was die damit machten?" Nein. „Sie zogen das Leder ab und ließen sich Stiefel daraus machen. Darauf wären wir im Leben nicht gekommen, dabei hätten wir selbst Schuhe brauchen können."

Wie sie erzählen kann! Ihre schöne Sprache. Sie kommt in Fahrt und erzählt vom Theater, bei dem sie in der ehemaligen DDR als Organisatorin angestellt war. Das rollende Theater. Mit dem Bus über Land, in einem Lastwagen die Requisiten und sie im Trabbi mit Fahrer vorab, um in den jeweiligen Orten alles zu organisieren. Das gefällt ihr und mir, darüber zu reden und zu hören. Einmal erzählt sie, habe sie alle nach einer Vorstellung in Erstaunen gesetzt und Selbstverfaßtes vorgetragen. „Vielleicht bekomme ich es noch zusammen. Soll ich?" Na, und ob. Sie ruckst sich zusammen, öffnet den oberen Knopf der Bluse und sagt: „Das muss in einer Art Sprechgesang vorgetragen werden", und sie beginnt:

„Max hieß meine große Liebe
Ich dacht' ihn mir als netten Mann.
Seine Augen sah'n mich trübe
Und so wasserfarben an.

Von Natur aus war er nüchtern
sandte kaum mir einen Blick
und dazu entsetzlich schüchtern
und recht sparsam mit Geschick.

Und das mit dem zagen Herzen,
das gewöh'n ich ihm schon ab
denn ich weiß so kleine Scherze,
die man da auf Lager hat.

Und ich dacht', das ist der Beste,
den nimmt keine Frau mir weg.
Die Moneten halt ich feste
für dereinst 'nen guten Zweck.

Und so träumt' ich von der Ehe,
von 'nem lieben guten Mann ...
Max, wenn ich dein Bild ansehe,
fange ich zu weinen an.

Konnten nicht zusammen kommen,
ach, so wollt es das Geschick.
Hast 'ne and're dir genommen,
denn du schwärmtest nur für Dick!

Menschenskind, Lotte! Ich applaudiere und rege an, das doch unten mal im Speisesaal vorzutragen. Auf einmal fällt sie wieder in sich zusammen und sagt ganz leise: „Es ist unglaublich schwer. Allein schon diesen alten Körper immer wieder zu aktivieren, ist so anstrengend. Aber ich will mich einfach nicht gehen lassen." Das ist etwas, was mich immer wieder an ihr in Erstaunen setzt, ihre Disziplin.

Es ist Zeit zu gehen und unterwegs denke ich an den Sprechgesang. Den sollte ich einführen, wie ein Schauspieler. Ich werde sie bald wieder besuchen und ihr diese Geschichte vorlesen, hören, was sie davon hält.

Erfolgserlebnisse eines Vormittags

Ein Vogelzug über'm Deich,
unter zwei Bäumen
sieben Äpfel aufgelesen,
vom Bauern am Weg
für zwei Euro fünfzig
einen Kürbis gekauft.
Zwei leere Flaschen
ergeben zwei Würfel Hefe.

Nachdenken über den Tod
eines Menschen,
der so gerne noch gelebt hätte,
der sich freuen konnte,
wenn die Kartoffeln im Garten
besser ausfielen als gedacht,
der auch mir fehlen wird,
weil er einfach immer da war.

Aber ich,
ich bin noch da
und werde mißtrauisch beäugt:
die Alte, immer noch unterwegs,
beladen mit den Schätzen des Herbstes,
und freut sich,
bei näherer Betrachtung,
das kein Nörgler auf sie wartet.

Was es zu Mittag gibt?
Kürbis-Kartoffel-Puffer
und dazu Apfelkompott,
auch bei meinem kranken Nachbarn.
Und das schönste,
mein Apfelgedicht wurde gedruckt.

Die Eintänzerin

„... un he danzt ganz alleen
op de achtersten Been."

Was wissen sie vom Glück
Des Regenwurmes in der Flasche.
Manchmal tanzt du
Mit dir allein.
Überhaupt wenn dir
Dreimal hintereinander
Gesagt wird,
Daß du zweiundachtzig bist.
Also
Hoch das Bein
Und gedreht.
Dreh dich nur noch
Um dich selbst.
Alles selbst verdient,
Niemand etwas schuldig.
Dabei fühlst du dich
Wie achtundzwanzig (höchstens)
Eventuell sogar noch jünger.
Nur
Mit achtundzwanzig
War das Leben schwer:
Nachkriegszeit.
Flucht nach vorn,
Geborgenheit suchen.
Wo kann sie anders sein
Als im Erträumten, im Gelesenen.
In „Trotzköpfchen" vielleicht?

O du mein Leben,
Das nach Auflösung
Aller Illusionen
Sich so trefflich fügt.
„Sie fahren 15 km/h"
Zeigte die Überwachungskamera
An der Bundesstraße heute an,
Als du windgetrieben
Mit deinem Wocken
Dahinsegeltest.
Zweiundachtzig?
Du hättest es glatt vergessen –
Und wenn schon,
Sie sind der letzte Stand
Gelebter Jahre, Endsumme.
Und wie mein Landsmann
Friedrich Nowotny sagte:
„Mehr war nicht rauszuholen."

Also dreh dich, tanze.
Sag es aber nicht weiter,
Vielleicht ist das verrückt
Und wird falsch verstanden.
Gott schütze dich, mein Liebling,
Und daß dir das Tanzen
Nicht vergeht.

2012

„Luna Beef"

„Luna Beef" ist das Neueste auf dem Markt der Gourmets. So jedenfalls steht es heute in der Zeitung. Weil mich Essen jeder Art interessiert, lese ich den ganzen Artikel und muß feststellen, daß zwischen Gestern und dem Heute gar nicht solch großer Unterschied ist, bis auf Dekor und Größe der Portion vielleicht. Abgebildet auf viereckigem Teller eine halbe Nuss, eine Kirschtomate, eine Weinbeere und ein Klacks von etwas Grünem. Daneben von der Größe eines Spritzgebäcks etwas Kartoffelbrei und auf, oder „an", wie man heute zu sagen pflegt, das Fleisch, groß wie eine Zündholzschachtel, nur nicht so dick. Quer über dem Arrangement liegt ein Grashalm. Kostenpunkt ca. achtzig Euro. Zum Sattessen scheint es eher nicht bestimmt zu sein. Als ob man einem Pferd eine Himbeere geben würde, so ungefähr das Verhältnis. Aber, bis auf den Preis, ist einem alten Zeitgenossen der Geschmack den das veredelte Stück angenommen haben soll, alt und bekannt.

Mit Bakterien, die extra dafür gezüchtet wurden, wird das Fleisch einem Reifungsprozess ausgesetzt. Das dauert, bis es mit den Kulturen gereift ist. Der Schimmel muß es total überzogen haben. Dann wird das meiste weggeschnitten und der Rest zubereitet. Wahrscheinlich ist es der gleiche Prozeß, den die reitenden Mongolen bei der Eroberung Europas mit dem mürbe gerittenen Fleisch unter ihren Sätteln erzeugten.

Was mir beim Lesen sogleich aus der Vergangenheit auftauchte, waren die Zutaten, die Großmutter in den Kochtopf gab, der den ganzen Vormittag auf dem Kohleherd vor sich hin köchelte und so erst die richtige Konsistenz erhielt. Je nach Jahreszeit wurden erst eingeweichte

Hülsenfrüchte oder Wruken, Kumst, Kartoffeln, Zwiebeln, etc. hineingeschichtet Majoran vielleicht noch. Dann aus der Speisekammer die notwendige Zutat vom Haken an der Decke geholt, wo der Schinken, Speckseiten, Würste hingen. Unser Luna Beef war die Schwarte vom Schinken, die erst beim Kochen ihre Würze entfaltete, schon etwas ranzig, unten dunkelbraun ins gelbliche wechselnd, leicht glasig und butterweich nach dem Kochen. Ein Gedicht. Und nur Kenner kennen sich aus damit. Manchmal aber holte Großmutter ihre Brille zur Kontrolle, ob sich nicht etwas an der Schnittstelle bewegte, ja vielleicht sogar wimmelte, was dann kaltblütig kalt abgewaschen wurde. Bei Berthold Brecht gibt es eine Geschichte von einer Großmutter und einem nicht ganz frischen Huhn, was der fast blinden Großmutter nicht weiter auffiel und das Huhn so in den Topf wandert, zur Verwunderung des kleinen Enkels. Wir lebten in Zeiten, da man nichts wegtat und lieber eine Laus im Kohl hatte, als gar kein Fett, so wurde gelästert.

Bei geräucherten Aal findet man vielleicht einen Anklang im Geschmack dieser Schwarte. Auch an Schmorkohl oder Rotkohl tat man gern als Geschmack ein Stück Schwarte hinzu. Das liebte ich auch, nur heute gibt es kaum noch irgendwo eine zu kaufen, ganz abgesehen davon, daß es kaum noch eine althergebrachte Fleischerei gibt, vielleicht noch auf dem Lande, aber wer kommt da schon hin.

Als wir im Frühjahr 1945 hier ankamen, wurden wir in ein herrschaftliches Haus eingewiesen. Zwangseingewiesen, denn wer wollte schon solche Pracher aufnehmen. Die Herrschaften hatten ihre Küche im Souterrain und alle Arbeiten, die den Haushalt betrafen, fanden unten statt. Nun wir. In einem Zimmer wurde eine Brennhexe installiert, die gleichzeitig heizen sollte. Riesenrohr und winzig die Kochmöglichkeit. Aber wie so alte Ostpreußen sind, die kommen überall klar, sofort wurde aus nichts was angeteigt und der geborgte Topf ins Ofenloch gehängt, beim Schlachter nach Schwarten gefragt, die aber längst nicht den bekannten Geschmack beim Kochen entwickelten. Für die Eigentümer des Hauses waren wir wohl eine mittlere Katastrophe. „Sie kochen", hörte meine Mutter mal die Dame des Hauses zu ihrem Besuch sagen. Ja, wir kochten, und das mache ich heute auch noch.

Gott sei Dank bekamen wir aber dann bald eine andere Bleibe, wo Herrschaften und Gesinde an einem Tisch saßen und von dem auch ab und zu etwas für uns abfiel.

Zurück zum Beef. In Zeiten ohne Kühlvorrichtung kam es leicht vor, daß etwas an Frische verlor und veredelte. Aus frischer Milch wurde erst saure, dann Dickmilch und mit Beeren aus dem Garten zur Delikatesse. Heute wird keine Milch mehr dick. Sie verfault und kann beim besten Willen nicht genossen werden. Mal den Enkel fragen, der ein moderner Koch ist, ob man daraus nicht vielleicht ein neues Gericht kreiern könnte, der aber am liebsten aus den Töpfen der Mutter speist. Da muß man erstmal hinkommen, dass in der Raffinesse von heute das Althergebrachte steckt.

Mademoiselle Bethke oder man wird ja träumen dürfen

Spruch des Tages vor einiger Zeit in der NWZ: „Umwege erweitern die Ortskenntnis." EinThema, das ganze Tage mit Nachdenken ausfüllen kann. Stell dir vor, überlege ich, wir hätten keine (erzwungenen) Umwege mache müssen. Was aus uns hätte werden können.

Da wäre erstmal der 21. Januar 1945 im Treck, auf der Flucht vor den Russen. Warum gehen wir wie die Lämmer immer den anderen hinterher? Wer war derjenige, auf den wir uns verließen? Warum gingen wir nicht geradeaus nach Gerdauen, anstatt dem Tross zu folgen, nach links an der Weggabelung, wo alles im Chaos versank. Die Straße war leer, keine Menschenseele weit und breit. Wie wären wir vorwärtsgekommen, wären noch mit dem letzten Zug mitgekommen und hätten es bis „heim ins Reich" geschafft. Nein, wir trotteten blind dem Verhängnis entgegen.

„Mach, das jeder bess're Sinn mir zu Dienst erbötig", heißt es irgendwo im Faust. Dieser Sinn ist für meine Begriffe Gott. Aber der Mensch bleibt ja bekanntermaßen lieber bei den Übeln, die er kennt, als neue Wege einzuschlagen.

Stell dir vor, der Zug wäre mit uns gefahren, wir hätten Hans nicht verloren und wären irgendwann mit dem Vater zusammengekommen, der inzwischen, ebenfalls auf Umwegen, in Frankreich als Gefangener saß, sich nach der Entlassung dort als Uhrmacher etablierte und sehr beliebt bei seiner Kundschaft als „Missjö Willy" einging. Waren seine Vorfahren als Hugenotten nicht vor dreihundert Jahren ausgewandert und er nun also Heimkehrer? Welch ein Umweg, welch eine erweiterte Ortskenntnis!

Und wie er da hinpaßte. Wie die Faust auf's Auge. „Madamche hier, Madamche da." Die Kundinnen waren entzückt von ihm und wenn er am Abend seinen Schoppen einige Meter weiter bei Madame König zu sich nahm, er in Stimmung war und gebeten wurde zu singen, dann blieben bei seinem Soldaten am Wolgastrand, der dort Wache für sein Vaterland hielt, kein Auge trocken. Auch seines nicht. (Wieso stand der eigentlich am Wolgastrand auf Wache für sein Vaterland? Wir hatten doch nicht 2012 und mußten es am Hindukusch verteidigen) Egal, wenn das Wörtchen wenn nicht wäre. Wenn der Hund ... dann hätte er den Hasen bekommen. Aber das war damals auch Völkerverständigung, und wenn sich Vater und Mutter noch hätten verständigen können, nicht auszudenken. Aber meiner Mutter war die Liebe schon abhandengekommen „wie anderen ein Stock oder Hut". Aus mir hätte vielleicht eine Uhrmacherin werden können und eines Tages hätte ich bedient: „Missjö hier, Missjö da."

Noch eine Möglichkeit. Lucien, der Sohn von Madame König, und Mademoiselle Bethke wären ein Paar geworden! O là là. Alles nicht auszudenken. Aber träumen kann man ja.

Und der herrliche Garten am Rhein. Die Weintrauben direkt vom Spalier zu pflücken und mein Zuhause wäre Rue de marroquin 27 gewesen. Auch Kaliningrader Oblast wäre möglich gewesen. Familiengründung mit einem Russen oder Polen? Wer weiß das schon.

Und stell dir vor, wir hätten erst gar nicht um fünf Uhr fünfundvierzig zurückgeschossen 1939 und wir hätten bleiben können, wo wir waren. Hätten erwachsen werden können, wie es sich eigentlich gehört. In geordneten Verhältnissen, mit Schulabschluß und richtiger Ausbildung. Mein bestes Stück wäre sicherlich Apothekerin geworden, bei der ich – ich hätte einen Buchladen gehabt – meinen

Bedarf an Aspirin gedeckt hätte. Man denke. Statt am 14. Juli in Frankreich am Nationalfeiertag auf der Straße zu tanzen, wurdest du strafversetzt wegen einer trockenen Brotkante, die unerlaubt in deiner weißen Schwestern-schürze gelandet war. Noch ein Umweg. Verdonnert von Schwester Margarethe aus Königsberg, gekräuseltes ge-stärktes Häubchen aus Tüll mit weißen Nöppchen, Dia-konisse. Warum mußten sich unsere Umwege auch noch kreuzen, die wiederum zu Umwegen zwangen. Na ja, dadurch entstand eben auch Erweiterung der Ortskennt-nisse. Und das alles nur, weil zurückgeschossen wurde.

Überhaupt der Krieg. Krieg bedeutet nicht nur sich bekriegen, sondern auch viel lieben. Sexualität wurde aus-gelebt, wahrscheinlich sogar zum ersten mal im Leben der Menschen. Ob mein Väterchen, als er am Wolgastrand war, nicht auch dort seine Matka hatte? Wurden ihm des-wegen die Augen feucht, wenn er davon sang? Wir aber erlebten es hautnah, wir waren so naiv nicht mehr und ver-standen mehr, als vielen lieb war. Nicht wenige der Mütter und Frauen von Frontsoldaten hatten ihre Einquartierung und machten ihren Tanz auf dem Vulkan.

Man könnte sich vorstellen, daß es vielleicht gar nicht zum Krieg gekommen wäre, wenn die Menschen aufge-klärter gewesen wären, nicht mit dieser unterentwickelten Sexualität. Dies obskure und perverse Kinderkriegen für den Führer. Dem Führer ein Kind schenken. Irre. Welch verklemmtes Denken. „Räder müssen rollen für den Sieg, Kinderwagen für den nächsten Krieg", wurde gelästert. Aus heutiger Sicht unvorstellbar. Wie pervers das alles war, wird erst später sichtbar. Hätte dieser verklemmte Typ eine Frau zu lieben verstanden, was dann? Bei meinen Besuchen im Altenheim wird mir immer wieder von Er-lebnissen erzählt, die die Gegebenheiten mit sich brachten und als bedeutend hängen blieben.

Und wie ist es nun wirklich mit der erweiterten Ortskenntnis? Besteht jedes Leben nicht nur aus Umwegen? Auf meinen Radtouren erlebe ich es täglich, erst die bringen neue An- und Einsichten. Also Lob den Umwegen und an Kreuzungen den bess'ren Sinn sprechen lassen.

Heutiger Tagesspruch von Kafka: „Wege entstehen dadurch, daß man sie geht." Also man zu und losgegangen, zumal, wie noch so'n kluger Spruch lautet, der Weg schon das Ziel sein soll.

Schön ist solch ein Morgen

Schön ist solch ein Morgen
In einer fremden Stadt!
Die Luft erscheint ganz anders,
Du fühlst dich wie erlöst.

Es öffnen die ersten Geschäfte,
Die Straßen sind noch feucht
Und der Verkehr noch spärlich.
Der Duft nach frischem Brot

Lockt dich, in ein Café zu treten.
O welch ein Luxus,
Am Morgen in einem Café.
Du liest die fremde Zeitung –

Froh, daß nichts darin,
Was für dich von Bedeutung,
Genießt du diesen Morgen
In einer fremden Stadt.

Stein oder nicht Stein

Wir machen eine Radtour, die Rastenburgerin und ich, fahren durch das Moor und über Land, wo jetzt die Ernte in vollem Gange ist. Kaum Menschen, nur riesige Traktoren bestimmen das Bild auf den Feldern. Wir freuen uns der „geschenkten" Zeit, wie wir es nennen, denn viele unserer Generation sind nicht mehr da oder doch sehr in ihren Bewegungsmöglichkeiten eingeschränkt. Wir aber fahren durch wundervolle Alleen, von denen eine von Barten nach Rastenburg führen könnte.

Irgendwann kommt ein Hinweis auf einen Friedhof, den wir aufsuchen. Wunderschön gelegen, abseits der Bundesstraße, umgeben von hohen Bäumen, in denen die Vögel ihr Allerbestes geben. Ansonsten Stille. Nur an einem Grab, ziemlich gleich beim Eingang, ist eine ältere Frau beschäftigt. Uns fällt ein, das hier das Mädchen begraben sein könnte, das damals einem Gewaltverbrechen zum Opfer fiel. „Ja", sagt die Frau, „das ist hier" und deutet auf die frischen Harkspuren. Der Vater käme jeden Tag, fügt sie noch hinzu. Es ist ein Familiengrab und außer dem Namen des Mädchens auf einem Herz aus Stein, sind neue Namen hinzugekommen. „Die Großeltern", meint meine Rastenburgerin und: „Das ist doch tröstlich." Wenigstens das. Überhaupt hat dieser Ort etwas Tröstliches an sich, denn ich finde mich am nächsten Tag dort wieder, setze mich auf eine Bank und lasse meine Gedanken kommen und gehen. Unsere Spuren von gestern sind nicht mehr sichtbar, also muß der Vater wieder dagewesen sein, denke ich. Ich erinnere mich, daß die Geschichte damals durch den Blätterwald ging. Die Familie war extra auf's Land gezogen aus der Großstadt, um ihre Kinder ohne Streß und in guter Luft aufwachsen zu lassen. Der Mensch denkt, und Gott ... Ist das alles wirklich so, denke ich. Das Mädchen wäre heute eine junge Frau von 28 Jahren, hätte vielleicht Kinder, hätte Freude und Kummer gelitten wie ein ganz normaler Mensch. 14 war sie, als das Schicksal sie einholte. So alt waren wir damals, als die Gewalt über uns kam und an deren Folgen wir heute noch zu knacken haben, und nicht alle fanden eine Stelle, auf der der Name steht, der uns teuer war und ist.

Mir gefällt dieser kleine Ort mit den Vögeln in den Bäumen, den Namen auf den Steinen. Denken wir falsch, wenn wir schon zu Lebzeiten alles geregelt haben, um den Kindern damit nicht zur Last zu fallen? Anonym am besten, kein Name, kein Stein, alles nur, damit sie keine Arbeit haben, sie, die keine Zeit haben, sollen sich nicht auch noch um Gräber kümmern müssen. Denn ich weiß, andere denken ebenso und meine Rastenburgerin, Försterstochter, hat sogar die Vorstellung, sich, wenn es soweit ist, im Wald, wo ihr „Waldhaus" steht, wie ein Tier in den von ihr angelegten Wall aus welken Blättern und Humus zu verkriechen. „Von Erde wirst du genommen, zu Erde sollst du wieder werden", zitiert sie. „Und die Vögel singen da auch."

Zuhause gehörte der Friedhofsbesuch zum Wochenende. Mit Gießkanne und Harke zog man los. Erst kam das Grab von Gustav, das uns gar nicht gehörte und den Namen hatten wir uns ausgedacht. Oma hatte sich des Grabes angenommen, weil es niemanden gab, der sich darum kümmerte. Es lag ganz dicht an der Leichenhalle und ich sah zu, weil ich mich ängstigte, so schnell wie möglich von da fortzukommen. Aber geharkt und gegossen mußte werden, denn die Frage kam bestimmt: „Hast du ..." Ja, habe ich, konnte ich mit ruhigem Gewissen sagen. Dann hinten links, unsere Gräber. Es waren keine flachen wie hier, sie ähnelten mehr Hochbeeten, von entsprechender Steineinfassung umgeben, oben mit Begonien in der Mitte und rundherum eine Art von Bodendecker, die blau blühten. Harken, den Stein säubern, auf dem die Namen der Urgroßeltern standen: Priedigkeit und geb. Machann. Harken liebe ich bis heute noch. Bei Gisela im Garten wird geharkt, die Gänge und um die Beete auch. Auf Omas Hof gehörte das ebenfalls zum Sonntag. Erst dann, wenn eine gewisse Ordnung geschaffen worden war, konnte man an das Anschneiden vom Strietzel denken.

Fast jedes Dorf hat seinen Stein, auf dem die Namen derjenigen stehen, die ihr Leben für „Volk und Vaterland" hingaben. Es sind meist gepflegte Anlagen und laden zur Rast ein. Manchmal tue ich es und lese, daß es fast alles junge Menschen waren, derer hier gedacht wird und die immer noch anderswo begraben sind. „Wen die Götter lieben ..." und „Die Vollendeten" wurden sie bezeichnet und je länger der Krieg dauerte, desto länger die Liste der Gefallenen. Eigentlich ist das alles noch immer unerträglich und wir wundern uns, daß man so schnell zur Tagesordnung übergehen konnte.

Neulich war eine Anzeige in der Zeitung, die einer Frau gewidmet war. Bertha hieß sie, Jahrgang 1922, ein RB erinnerte sich ihrer und das fand ich so schön, daß ich mir das ausschnitt und in meine Brieftasche tat. Daß es das noch gibt! Wunderbar. Mir gefällt auch in fremder Stadt ein Besuch auf dem dortigen Friedhof zu machen. Zum Beispiel in Prag. Da muß man doch zum Grab vom Rabbi Löw gehen und einen Zettel zwischen die Steine stecken, nicht wahr.

Einmal im Jahr habe ich meinen eigenen Totensonntag. Ich kaufe Rosen und fahre alle Friedhöfe ab, wo mir nahestehende Menschen zur letzten Ruhe gekommen sind. Oft gibt es die Stätten gar nicht mehr, aber ich weiß sie noch und mache dort meinen Besuch. Zuletzt kommt Hans Joachim dran, der mir den guten Rat gab, mir auf der Lebenswiese wie die kluge Liese von allem nur das Beste auszusuchen und „alles alles andre läßte". Danke.

Zurück zum Stein. Stein oder nicht Stein, das ist hier die Frage. So ganz weg, ohne alles? Ist das nun wieder typisch für unsere Generation? Am besten ist, erstmal drüber schlafen und bei der Rastenburgerin vorbeifahren. Die wird sich doch nicht schon verkrochen haben, wir wollten doch noch auf Tour!

BERTHA

* 18. 9. 1922   † 12. 5. 2006

Wer so ganz in Herz und Sinnen
Konnt' ein Wesen lieb gewinnen,
Nein, den tröstet's nicht,
Dass für Freuden, die verloren,
Neue werden neu geboren:
Jene sind's doch nicht!

Das vertraute Miteinanderleben,
Dieses Nehmen und dies Geben,
Wort und Sinn und Blick,
Dieses Suchen und dies Finden,
Dieses Denken und Empfinden –
Niemand gibt es dir zurück.

R. B.

Im ICE

„Mein Arzt sagt, ich habe ein sehr gutes Verhältnis zu meinem Arzt, also mein Doktor sagt, Frau Groß, sagt er, wenn ich Ihnen einen guten Rat geben darf, fahren sie nicht an die Nordsee, das kann ich wegen Ihrer Knochen nicht empfehlen, und weil ich gut mit ihm kann, frage ich ihn, was er mir denn raten würde. Thermal, sagt er, baden Sie thermal, das ist das Richtige für Sie und für Sie käme Bad Sodenstich in Frage. Ein bißchen Diät, ein wenig Bewegung, alles mit Maßen, sagte er. Ansonsten bin ich biologisch zehn Jahre jünger", und sie lacht, die Dame in Weiß, die neben mir im ICE sitzt, viel Gold, und die, wie mir scheinen will, auch schon ein älteres Semester ist. Hoffentlich soll ich nicht ihr Alter schätzen, denke ich, denn das kann ich schlecht, besonders bei biologisch jüngeren.

Da habe ich extra einen Platz in der beruhigten Zone gebucht und nun das. Na, schadet auch nichts. „Aber die Schmerzen, Herr Doktor, muß ich denn damit leben?", und sie streicht sich über das linke Bein, in dem es zieht. „Und was hat er geantwortet?" frage ich neugierig. „Statt drei Tabletten jetzt fünf am Tag. Wirklich er geht sehr auf mich ein", sagt Frau Groß. Ich kenne noch ein anderes altes Semester, das seit mehr als dreißig Jahren über ein schwaches Herz klagt, aber es schlägt und schlägt und schlägt und sich auch für jünger hält, als sie in Wirklichkeit ist. „Essen und Trinken schmeckt, Herr Doktor, bloß immer so müde", machten wir uns früher lustig, wenn jemand immerfort über seine Krankheiten klagte. Irgendwas stimmt mit uns nicht, wir sollten uns mal den Kopf untersuchen lassen. Ist es möglich, daß man erst seinen Arzt fragen muß, was man essen soll? Das spürt man doch selbst, wenn die weiße Hose kneift.

Gottfried Seume bemerkt auf seinem Spaziergang nach Syrakus: Die Krankheiten sind ein großes Gut für die Menschheit, weil sich Ärzte, Chirurgen und Apotheker davon ernähren. Das ist nun über zweihundert Jahre her. Was er heute wohl sagen würde, wo noch die Chemie hinzugekommen ist? Davon sind wir vielleicht schon so vergiftet, dass uns nichts mehr umbringen kann. Kann das nicht sein? Unser ehemaliger Gesundheitsminister Norbert Blüm äußerte: Früher sind die Leute mit 39 fröhlich gestorben, heute jammern sie mit 90 dahin.

Eigentlich müßten wir alle rank und schlank sein. Informationen zu diesem Thema gibt es haufenweise und sie werden ständig variiert: das Kostbarste des Menschen, die Gesundheit.

Und wir Alten, wir müßten längst schon gestorben sein, wenn man bedenkt, wie rabiat im zarten Kindesalter mit uns umgegangen wurde. Alles überlebt: kalte Wadenwickel, Brust- und Halswickel, mal kalt, mal warm, warmes Öl ins Ohr gegossen, wenn es weh tat, heiße gequetschte Kartoffeln im Tuch kamen ebenfalls zum Einsatz. Auf eine Eiterbeule, die nicht auf die Nadelmethode ansprang, kam eine Scheibe gebratene Zwiebel unter die Mullbinde, und siehe da, am nächsten Tag wurde man als geheilt entlassen.

Selten genug wurde doch ein Hausbesuch nötig und der Doktor kam mit der großen Tasche, zog das Stethoskop daraus hervor und: „Hemd hoch" und abgehorcht, Puls gefühlt, dabei nach der Uhr gesehen. „Huste mal", keuch keuch, „umdrehen, tief einatmen und langsam wieder auspusten. Mund auf, Zunge raus, sag mal AAA", „aaa" Augenlid runtergezogen und das Innere begutachtet. „Das Kind braucht Eisen. Lebertran wird ihm guttun." „Aber weißen, den klaren will ich nicht." „Du hast nichts zu wollen, nur zu sollen." Punkt!

Das Kind wird eingeschult und der Schularzt besieht sich das Kontingent an Schlüpfern, das vor ihm steht. Die, Gott sei Dank, können anbleiben. Es ist zum Schämen. Geht so, befriedigend, und die Füße? „Sind nicht schön, aber gesund sind se." Das kränkt heute noch.

Brachial wurde mit einem umgegangen. Mach was. Man muß schon eine starke Natur haben, kommen Frau Groß und ich überein, um den inneren Schweinehund täglich zu überwinden und den Verlockungen der Neuzeit zu widerstehen. Wie sieht das aber auch alles so lecker aus und so appetitlich. Und dann die Stadt, die zur Freßmeile umfunktioniert worden ist: die ganze Fußgängerzone eine einzige Lokalität. Und immer voll. Damit auch die Raucher zu ihrem Genuß kommen, liegen auf dem wetterfesten Gestühl Decken aus, wenn ihnen kalt werden sollte. An alles ist gedacht. Jeder noch übriggebliebene Laden hat zusätzlich einen Imbiß eingerichtet. Das alles ist so übel nicht und „macht" Sinn. Der Mensch leidet unter dem Alleinsein heute wohl mehr als früher, trotz vieler Möglichkeiten, sich die Zeit auch zu Hause vertreiben zu können. Er ist gern in Gesellschaft und liebt Großveranstaltungen ganz besonders. Still freuen für sich, geht nicht mehr. Und last not least, er will sich auch keine Arbeit mehr machen. Frau Schelley, meine Nachbarin, sagt, wer will denn noch richtig einen Tisch decken und den Tee so zubereiten, wie er muß? Meistens wird eine Flasche geöffnet, weil das viel einfacher ist.

Dabei, wenn man die vielen Kochbücher sieht, die ständig neu erscheinen, könnte man denken, alle Welt kocht. Mitnichten. Doch man kann sie gut anschauen mit ihren gelungenen Fotos, auf denen die veredelten Lebensmittel „perfekt", wie das wieder aktualisierte Wort aussagt, in Szene gesetzt sind.

Elises Vater, Chefarzt im Krankenhaus, schickte, wenn

er erschöpft aus der Klinik kam, eines seiner Kinder nach einem Kochbuch, bei dessen Lektüre er am besten entspannen konnte. Das mache ich auch manchmal, einfach nur begucken und dabei eigene Ideen entwickeln, ohne Ende. Es kommt vor, daß ich dann noch nach den zerfetzten Blättern suche, die bei meinem ersten Herd mitgeliefert wurden. Kombiherd, halb Kohle, halb elektrisch. Banning war der Hersteller, glaube ich. Davor gab es die Backhaube mit Sichtfenster, die ich eifrig ausprobierte. Die ersten Windbeutel darin gebacken und zum Schwan veredelt! Mit Sahne und dem Hals aus Spritzkuchen.

Ich bin ja ganz vom Thema abgekommen und außerdem muß ich gleich aussteigen. So ist das, wenn vom Essen die Rede ist. Leider gehöre ich zu den Menschen, die den Mund immer voll haben müssen. Lieber noch einmal abbeißen, denn die Geschmacksnerven sitzen doch nicht nur auf der Zunge, oder? Muß mal meinen Arzt fragen.

Ich muß mich von Frau Groß verabschieden, und weil wir uns so nett unterhalten haben, gebe ich ihr den Vers von mir, an dem ich die ganze Zeit gebastelt habe:

Der eine badet gern thermal,
dem anderen ist das ganz egal
Ob warm die Wasser oder kälter,
man wird auf *jeden* Falle älter.

Sie lacht. Wie schnell uns die Zeit vergangen ist. Ich sollte öfter verreisen. Interessant, aber an ihrer Stelle würde ich lieber eine etwas gedecktere Farbe wählen, dann sieht man die überflüssigen Pfunde nicht gleich so. Daran halte ich mich auch, weil ich doch immer den Mund voll haben muß.

Empfehlung

Wie man sich bettet
so liegt man.
Ohne Bett
ist schlecht liegen,
also aufgebettet!
Material ist vorhanden
genug, um im Pfuhl zu versinken.

Prinzessin müßte man sein,
um zu wissen,
was als Erbse durch die Matratze drückt.
Eine alte Königin
ist robuster
und hat begriffen,
daß Stroh gesünder als Schaumstoff ist.

Naturbelassen,
lautet das Modewort,
nicht nur für Betten.
Man transpiriert nicht so
und verbraucht weniger Deodorant

Empfehlung

Zurück in die Zukunft.
Steigerung der Lebenskraft
durch Einschränkung.
Wie wunderbar,
ich hole Wasser,
ich trage Brennholz,
lautet die Weisheit des Zen.

Weil alles nicht hielt,
was du hineingedichtet
Laß dich darauf ein:
Steine können in der Bettstatt liegen
Du wirst ruhen
wie in Abrahams Schoß.

Wen der Herbst nicht will,
den holt der April

In diesem Herbst wird viel gestorben um mich herum. Gesunde und Kranke, die der April noch nicht wollte. Schrecklich. Wie soll man damit umgehen, wenn man selbst schon alt ist und noch gern auf der Welt. Eine Tatsache, so alt wie die Welt und doch ist man immer wieder erschrocken, wenn jemand, den man gut kannte, der einem mehr oder weniger nahestand, auf einmal nicht mehr da ist. Wenn zur Andacht gebetet wird und neben dem Sarg, darin der Mensch liegt, dessen Lebenslauf in verkürzter Form wiedergegeben wird und der, wenn es nicht gerade die eigene Beerdigung wäre, anschließend gesagt hätte: „Das hatten die ganz schön gemacht." Eigentlich alles ungelöste Geschichten. Wir wissen, daß uns das bevorsteht und tun so, als ob es immer so weiter ginge.

„Mutti hat Tagebuch geführt, seit 1964. Jedes Jahr hat sie einen etwas größeren Taschenkalender benutzt. Nichts besonderes, wann die Betten bezogen, Fenster geputzt, Haare machen, wie die Kartoffeln im Kleingarten ausgefallen sind, tapeziert." „Alle wie Bücher aufgestellt?" frage ich den Sohn, der zu mir gekommen ist, um mir die näheren Umstände zu erzählen. Nein, sie befinden sich alle in einem Karton. Das muß man sich mal vorstellen, seit 1964. Das sind 48 Stück. „Und?" frage ich und er weiß, was ich wissen will, von ihrer Krankheit kein Wort. Nicht ein einziges Mal taucht das Wort Krebs, Tumor oder Chemo auf. Nie! Stattdessen „Bett bezogen". Ist das normal? Muß man nicht seine Sorgen aussprechen? Sie nicht wenigstens gegen sich selbst zugeben und nicht alles immerzu verdrängen? Ich kann und will das nicht begreifen. Stattdessen, wenn der Doktor Hausbesuch machte, der notwendig geworden war: „Na, Herr Doktor, waren Sie schon im Urlaub? Wie war das Wetter denn dort?" Bis ganz zuletzt Verdrängung der totsicheren Situation. Auch der Sohn war anscheinend nicht richtig im Bilde, wie sehr seine Mutter krank war. Ganz anders ein anderer Tod, der bis ins letzte geplant wurde, einschließlich gewünschter Zeremonie mit Orgelspiel und Chor, und was der zukünftige Witwer alles zu befolgen haben würde.

Abends gehe ich nochmal an das Grab. Es ist schon zugescharrt und Gras gesät. Soll der Mensch nicht wie Gras sein und seine Stätte kennet niemand mehr? So ist es und doch hat die Kälte zugenommen, die von solchen Veranstaltungen ausgeht. Alles ist sehr gut arrangiert mit Skulpturen, Lichtreflexen, Kerzen und Blumen, die ein Vermögen gekostet haben und die am Abend schon in der Ecke des Friedhofs verwelken, weil anonym bestattet worden ist.

Genug des Trauerspiels. Was mir auffällt ist, daß nicht nur die Menschen sterben, auch die Häuser, die sie gebaut. Sie genügen den heutigen Ansprüchen nicht mehr. Die Kinder haben längst etwas Eigenes. Außerdem sind sie nicht genügend isoliert und so sehe ich wie innerhalb eines Tages das Haus abgebrochen und am Abend in großen Brocken im Container schon abgefahren wird. Weil keine Keller mehr benötigt werden, auch nicht für Partys, die jetzt in einem etwas größeren Rahmen stattfinden, entstehen in ganz kurzer Zeit neue Häuser. Im Herbst begonnen, wird Weihnachten schon der Tannenbaum im neuen Heim angezündet. Die kleinen Häuser hatten relativ große Grundstücke, weil damals noch Kartoffeln und Gemüse angebaut wurden und so entstehen oft gleich zwei darauf mit jeweils mehreren Wohnungen.

Früher hieß es, weil der Neubau erst austrocknen mußte: das erste Jahr laß deinen Feind drin wohnen, das zweite deinen Freund, im dritten Jahr zieh selber ein. Wie machen die das heute denn? Und wenn ich sehe, wie rasch solch ein Komplex entsteht, fällt mir immer die Story ein, die nach dem Krieg erzählt wurde: Zwischen einem Amerikaner und einem Deutschen kommt es zum Vergleich, wer schneller bauen könne – die Amerikaner oder die Deutschen. Der Amerikaner gibt gewaltig an und behauptet Unmögliches, und als sie am Kölner Dom vorbeikommen, fragt er: „Wie lange gebaut?" Sagt der Deutsche: „Weiß ich nicht. War gestern noch nicht da."

Alles geht so rasch und nichts ist aufzuhalten.

„Vater hat auch Tagebuch geführt", erfahre ich noch und das ist für den Sohn auch neu. Erst bei der Haushaltsauflösung kommen die Geheimnisse unseres Lebens ans Tageslicht. Sein Vater ist mein Vetter und nun verstehe ich auch, warum er sich immer in das frei gewordene Kinderzimmer zurückzog und erst zur Tagesschau mit einem Bier ins Wohnzimmer kam. Ja, er hat sogar gedichtet! Wir ostpreußischen Dichter wir!, die sich für so bedeutend halten, daß ihre Werke von niemandem gelesen in der Schublade schlummern und erst nach dem Tode ans Tageslicht kommen. Er hatte sich zum Schluss noch einen Laptop gekauft. Ich bin beeindruckt, wie sorgfältig und genau er alles aufnotiert hat. Zum ersten Mal erfahre ich die Daten seiner Flucht, wie er nicht mit auf das Schiff darf, auf dem die Mutter mit den beiden jüngeren Geschwistern ist. Er wird noch „eingezogen", der Sechzehnjährige wird noch „an der Waffe ausgebildet", lernt, wie man den Russen vernichtend schlagen soll. Er muß Panzergräben ausheben, Erdlöcher graben, in denen die Jungen die kalten und nassen Nächte verbringen müssen. Alles hat er notiert, am 20. April Hitlers Geburtstag. Später bei der Gefangennahme müssen sie sich nackt ausziehen, die Arme heben, um zu zeigen, ob nicht das eintätowierte Zeichen der SS sich dort befindet. Was haben die sich eigentlich so gedacht, daß Kinder an der Waffe ausgebildet werden und der Feind steht in der Tür.

Klar sind wir angeschlagen, und daß wir überhaupt noch so geworden sind, wie wir sind, hat auch mit unserer erdverbundenen Natur zu tun.

„Wie oft die tapeziert haben", sagt der Sohn. Ich muss lachen, denn tatsächlich, es wurde dauernd tapeziert, obgleich das kein Mensch gelernt hatte. Alle waren wir Heimwerker und meistens gab es Krach dabei, weil der zweite Mann, der man war, unten die Tapete nicht gerade an die Wand hielt und der auf der Leiter nie seine Anordnungen befolgt sah. Statt zu verreisen, gab es ein neues Outfit für die Wohnung. Reisen? Konnten und kannten wir nicht, wir hörten am Sonntag (mache ich heute noch) „Zwischen Hamburg und Haiti". Man war im Buchclub von Bertelsmann, jeden Monat ein Buch und wer vergessen hatte zu bestellen, bekam den „Hauptvorschlagsband". Wir sammelten das Silberbesteck stückweise und jeder wußte, was er zu schenken hatte. Porzellan ebenso. Die herrlichen dünnen Gläser von Gral. Das ganze Sortiment, einschließlich Bowle mit sechs Gläsern, was man niemals brauchte.

Wir bildeten uns am Radio. Unvergessen die Musiksendung „Herr Sander öffnet seinen Schallplattenschrank". Wir waren ganz aufs Hören eingestellt. Keine Ablenkung durch Bilder der Ausführenden. Das war unsere „Kult"-Sendung. Dann der Schulfunk. Die ganze Familie hatte Freude daran und selbst die Erwachsenen lernten daraus, denn ihre eigene Ausbildung war durch die einseitige Erziehung im 1000-jährigen Reich nicht gerade umfassend gewesen. Die Sendung wurde am Nachmittag wiederholt und darauf freute ich mich den ganzen Vormittag.

Mit der Heimarbeit beschäftigt, hörte man die tollsten Reportagen. Als das Fernsehen aufkam, waren die Geräte schamhaft in den dafür vorgesehenen Schränken untergebracht, wer wollte schon tagsüber auf diese kalte leere Fläche gucken, und Annelieses Mutter hing ein Handtuch darüber, bevor sie sich auszog, erzählte sie mir. Was konnte nicht alles sein!?

Der Sohn sagt: „Die Sachen will keiner haben." Weiß ich, ich sehe ja in den Läden von der Diakonie die Bücher vom Bertelsmanclub zigfach stehen: fünf Stück für einen Euro, das sechste gratis dazu. „Der große Regen", immer wieder „Vom Winde verweht". Unglaublich, ebenso geht es mit dem Porzellan und den Kristallsachen und den Bestecken. Kein Mensch, selbst die Kinder nicht, haben Interesse daran. Ihr tolles Schlafzimmer, ihr ganzer Stolz aus Mahagoni!, will niemand haben, auch nicht die „Herrenkommode". Gott waren wir blöd, aber wenn man auf der Flucht in Erdlöchern übernachten mußte, wollte man schließlich wissen, wo man hingehört.

Lebe, wie du, wenn du stirbst, wünschen wirst gelebt zu haben, geht eine Redensart. Wie hätte man anders leben sollen? Noch einmal die ganze Geschichte mit Krieg und Verlusten und natürlich auch Freuden? Seltsamerweise will das niemand, wenn er es recht bedenkt.

Heute werden die Nobelpreise verlesen für zwei Entdecker, die herausbekommen haben, wie man menschliche Zellen wieder in den Embryonalzustand versetzen kann. Na, das wird zu Spekulationen führen und die Reichen und Schönen dieser Welt brauchen vielleicht überhaupt nicht mehr zu sterben, die das nötige Kleingeld haben und der Reigen endet nie. Einmal traf ich am Heiligen Abend meinen Vetter auf der Straße und wir sprachen einen Augenblick miteinander. Das ist schon Ewigkeiten her. Er: „Ich bin selbst schon Rentner und kann am

Abend noch nicht einmal ein Bier trinken, denn ich muß an diesen Festtagen ständig die alten Frauen holen und bringen (Mutter und Schwiegermutter)." Daß er ein Taxi hätte bestellen können, kam ihm gar nicht in den Sinn. Viel zu teuer! Gut, daß die Kinder das besser machen und ich sage dem Sohn, erst wenn man Waise ist, wird man erwachsen und frei. Er hat mir die Tagebücher dagelassen, aber ich beschließe, nicht darin zu lesen. Erstens sind sie nicht für mich bestimmt und außerdem tut es weh. Wie ähnlich wir uns waren, sehe ich heute erst, aber nie hätten wir darüber reden können. Wenn ich was sagte, konnte er den Satz ergänzen, wenn es um früher ging.

Ich bin ja ganz vom Sterben abgekommen! Das Höchste, was ein Mensch erreichen kann, ist ein heiterer und intelligenter Gesichtsausdruck, steht irgendwo. Man zu, wenigstens heiter möchte ich aussehen.

Bei der Beerdigung hatte jemand sein kleines Kind mitgebracht, das bei der Ansprache der Pastorin ständig vor sich hin brabbelte und den Alten auf den Trauerbänken sichtlich mißfiel. Mir gefiel das. Geburt und Tod, so muß es sein. Vielleicht sollte wieder die Großfamilie eingeführt werden, wo aber jeder seinen eigenen Rückzugsort haben muß, um dichten zu können und sich von der restlichen Familie erholen kann und zum Bier am Abend vereint man sich wieder.

Wie lange dauert der Herbst? Bis zum 20. Dezember. Am 21. Dezember beginnt der Winter, erstmal Schonzeit bis zum April.

Am 4.10.2012

lese ich in der SZ
Martin Walser hat sein Tagebuch
auf der Fahrt
von Innsbruck nach Friedrichshafen
auf dem Sitz im Zug liegen lassen.

In rotes Leinen gebunden,
darin kein Name, keine Adresse.
„Ich hatte ja nicht vor,
es liegen zu lassen",
sagte der 85-jährige.

Der Verlag bietet dem möglichen Finder
3000 Euro als Belohnung,
denn trotz Verlustmeldung
tauchte es nicht wieder auf.

Notiz für mein Tagebuch,
das ich nicht mehr führe,
damit ich es nicht liegen lassen kann.
Im Alter wird man vergeßlich,
nicht wahr?
Auf solch kurzer Strecke
sollte das aber nicht passieren.
Zumal noch „in Rot".

Am 13.10.2012 steht
in derselben Zeitung,
es ging am 17. September verloren
und hat sich immer noch nicht eingefunden.
„Komm zurück liebes Tagebuch.
Du hast doch noch viele leere Seiten
und mir fällt immer noch so viel ein."
Dann der Name des alten Dichters.

Eigener Herd ist Goldes wert

„Sie soll offen sein, der Mittelpunkt des Hauses", meint ein junges Paar, das sich ein Haus bauen will, in dem Herd und Küche das Zentrum bilden sollen. Auf der Suche nach dem richtigen Herd wird es von einem Fernsehteam begleitet und auch ein Koch ist mit von der Partie, der wird den Herd testen, damit der richtige Herd in die richtige Küche kommt. Man sieht, dahinter steckt Geld: Ein Superherd, ein Superkoch, der nun in Aktion tritt und den zukünftigen Besitzern schmackhaft machen wird, wie man praktisch und zugleich stilvoll kochen kann.

Riesig ist der Herd, mit allen Raffinessen, darunter eine ganz flache Pfanne, mindestens 60 mal 80 cm groß, auf der jetzt in einer Ecke einige Pilze hin und hergeschoben werden und in einer anderen einige Scampis, dazwischen ist viel Platz, um alles mögliche noch zu schmoren oder zu braten. Neben der Pfanne ist gleich der Wok, damit auch chinesisch gekocht werden kann. Der Koch bringt auch den zum Einsatz, die Flammen schlagen hoch, das Gemüse wird geschwenkt, eine Pracht. Aufregend und interessant ist das ganze Arrangement und man kann nur hoffen, daß hier der richtige Herd in die richtige Küche kommt. Es wird geplaudert über unmögliche Möglichkeiten und je größer der Herd, will mir heute scheinen, desto weniger wird gekocht, von den Kochbüchern, die auf den Markt kommen, ganz zu schweigen. Plötzlich fällt mir die Brennhexe ein, Herd und Mittelpunkt unserer Einraumwohnungen nach dem Krieg, offen für alle Winde, allen zugänglich, also total „in".

Wir hatten auch eine, und wenn der Torf trocken war, welch ein Glück. Aber meistens war er naß, mußte vorgetrocknet und dann immer noch mit Vorsicht zum Einsatz gebracht werden. Erst ein kleines Feuerchen anmachen mit Papier (damals Seltenheitswert) und Splitterchen. Woher nehmen? Mit Sehnsucht erinnerten wir uns der Brettchen im Stall, wo das gestapelt war, was Oma im Handwagen von irgendeiner Fabrik angekarrt hatte. Gab es in Gerdauen eine Bleistiftfabrik? Die Brettchen hatten ungefähr die Länge und wenn sie mit dem Messer aufgestiftelt waren, brannte es sofort. Nicht der Torf. Die wenigen Möbel, womit unser Raum ausgestattet war, sahen nur noch von außen unbeschädigt aus. Die Schubladen hatten schon fast keine Seitenwände mehr, die Einlegebretter im Schrank auf die Hälfte der Tiefe geschrumpft und die Bretter in den Betten, auf denen die Matratzen lagen –, na Schwamm drüber. Aus einem Stuhl machten wir einen Hocker, in dem wir zuerst die Lehne verheizten, später den Rest. Wozu vier Stühle, wenn der Haushalt nur aus drei Personen bestand und aus dem Bett konnte, indem das Deckbett aufgerollt wurde, sogar ein Sofa gemacht werden, auf dem Besuch sitzen konnte. Wir klauten wie die Raben. Unterwegs suchten unsere Augen unentwegt nach Brennbarem oder Essbarem. Manchem Zaun kam über Nacht manche Latte abhanden und ich frage mich, ob viele von uns diesen unruhigen Blick jemals los wurden, und Großer Gott, war das wirklich wahr und haben wir das wirklich erlebt?

Damals sah man aus vielen Fenstern Rohre kommen, aus denen es qualmte, wenn der Wind günstig stand. War das nicht der Fall und er drückte aus der Gegenrichtung, entstand Gegenzug und die Einraumwohnung war voller Qualm. An Kochen nicht zu denken und man selbst stank nach Rauch. Wir kamen darauf zu sagen, wir frühstücken Englisch, wenn sich jemand über unseren Geruch monierte: zum Frühstück gebratenen Speck.

Die Brennhexe hatte ungefähr die Größe der modernen

Pfanne des Superherdes. Von der Fläche ging das Ofenrohr in den Schornstein und wenn es keinen gab, eben zum Fenster hinaus. Das Ofenloch mit Ringen zum Herausnehmen und eine winzige Bratröhre aus Eisenblech. Wenn sie funktionierte, das Rohr glühte und den ganzen Raum heizte, entstand durchaus eine Atmosphäre und meine Mutter verstand auch aus dem Wenigen, was zur Verfügung stand, einen Minifladen zu backen oder Pusterchen. Besuch hatten wir immer. Unsere Wäsche hatte manchen Brandfleck, weil wir sie auf dem langen Rohr nachtrockneten. Alles hochgefährlich und nicht jeder Brand war nur den Bomben zu verdanken. So war das und ist die reinste Wahrheit. Spät, erst sehr viel später, begriff ich die Ungeheuerlichkeit, die in dem Ausspruch meiner Tante lag: „*Du* riechst wie'n angesengter Jude." Das sagte sie zu mir, aber der Krieg war schon zu Ende und wir hier in Sicherheit. War das Dummheit oder was? Das verfolgt mich bis heute. Sie ist lange tot und nicht mehr zu befragen.

Als Albert Speer in Spandau seine zwanzig Jahre Haft verbüßen muß und er sich Gedanken über den Wahnwitz der Großbauten, die er für den Führer als dessen Architekt entwarf, macht, kommt er zu dem Schluß, würde er nochmal eine Chance haben, in seinem Beruf zu arbeiten, er würde nur noch kleine Räume entwerfen. Im Gefängnis hatte er gelernt, wie praktisch die sind. Ich auch. Wozu diese Riesenräume, Herde, an denen nie gekocht werden wird, denn diese Herrschaften sehen mir eher nach Catering aus. Genug lamentiert und zurück in die Realität. Ob die Menschen noch richtigen Hunger kennen? Es muß ja nicht gerade der Hunger sein, den Knuth Hamsun in seinem Roman beschreibt, wo ein riesiger Hund und ein Mensch einen Knochen, jeder für sich, beansprucht. Diese elementaren Erfahrungen: frieren und hungern, sich um das Notwendige kümmern müssen, heißt auch, nicht aufgeben.

Silvester: die Geschäfte übervoll. An allen Kassen lange Schlangen und auf den Laufbändern Berge von eingeschweißten Lebensmitteln. Wahnsinn. Und Flaschen, kartonweise. Wertstoffsammlung war eine der wichtigsten Beschäftigungen unserer Kindheit, die im Zeugnis benotet wurde: alle Fächer gerade mal ausreichend, aber Wertstoffsammlung mit sehr gut benotet. Gut, daß die Kinder von heute das nicht mehr brauchen, aber welch eine Verschwendung von Ressourcen. Ich wage zu bezweifeln, daß das, was da über die Bänder läuft, von denjenigen mit Karte bezahlt wird, die sich am oberen Ende der Schere befinden, die sich angeblich immer weiter öffnet.

Wenn wir früher einen Bezugsschein für Brennmaterial bekamen, standen wir schon früh auf, um uns in eine Schlange einzureihen. Die Torfschuppen waren ein ganzes Stück entfernt und man mußte erst über die Ersatzbrücke über den Küstenkanal, weil die Hauptbrücke gesprengt worden war, um den Feinden den Vorstoß zu erschweren, und dann noch ein paar hundert Meter weiter. Ich ging zuerst und meine Mutter würde mich ablösen kommen, weil ich um sieben Uhr im Kindergarten sein mußte. Ich war da als Praktikantin tätig. Wenn ich dachte, ich werde um vier Uhr früh die erste sein, sah ich, so hatten viele gedacht. Einmal, den Tag werde ich nicht vergessen, sehe ich meine Mutter von weitem kommen, in einem geliehenen Handwagen meinen kleinen Bruder ziehend. Und plötzlich, ich weiß nicht weshalb, überfiel mich dieses ganze Elend, dass ich laut zu heulen anfing wie ein kleines Kind.

Aber alles in allem nahmen wir die ganze Sache auch mit Humor und manchmal sogar mit Witz, waren ständig auf der Suche nach Brennbarem, gingen in den Wald nach

Ästen und Tannenzapfen, die brannten wie verrückt, und die nachglühende Sohle eines alten Schuhs sehe ich heute bildlich vor mir.

Wenn das Rohr unansehnlich wurde, anfing zu rosten, wurde es mit Silberbronze angestrichen. Das mußte natürlich im Sommer geschehen, wenn weniger geheizt wurde, denn auch das stank fürchterlich.

Im Hause, in das wir eingewiesen wurden, arbeitete ein Bewohner in einem Laden, in dem es noch Haushaltsgegenstände zu kaufen gab. Er brachte uns eine Liste und wir durften fünf Sachen ankreuzen, die wir erhalten sollten. Ich war für Feudel; größenwahnsinnig schon immer, schwebte mir ein Feudalhaushalt vor, in dem mit einem Staubwedel aus Federn graziös geputzt wurde. Die Sachen kamen. Feudel nennt man hier einen Aufwischlappen, lernte ich.

Beides ist irrwitzig: eine Brennhexe und auch solch ein Monstrum von Hightec-Herd. Es kommt auf die Atmosphäre an, die Menschen in einem Raum verbreiten können und das kann durchaus auch in einem mit Brennhexe sein. Besuch kam immer, man rückte damals ganz nahe zusammen, denn das Leben war so schwierig geworden, daß man es allein gar nicht tragen konnte. In jener Zeit entstanden Freundschaften, die bis heute gehalten haben und erst der Tod bringt jetzt die ersten Lücken. Wenn Stromsperre war und es erst spät Licht gab, vertrieben wir uns die Zeit mit Spielen, die man auch im Dunkeln spielen kann: „Bilde einen Satz mit ..." oder „Stadt, Land, Fluss" oder wir sangen, wenn genug beisammen waren, auch mehrstimmig, was manchmal nicht hinhaute und zum Lachen führte, bis man nicht mehr konnte. Kam das Licht, wurde vorgelesen und in diesen Abenden lag ganz bestimmt auch etwas von Geborgenheit. Mir wird gesagt, ich würde leiden. Das stimmt nicht, ganz im Gegenteil, so lernt man doch erst den „kleinen Unterschied" kennen und gewinnt an Erfahrung. Ob in dem noch nicht gebauten Haus, in der Küche mit dem Superherd, an dem fast alles elektronisch eingestellt ist, solch eine Nähe entstehen wird? Wäre zu wünschen.

Rückblickend sehe ich, wir haben ganz viel gewonnen, sehr viel, doch mit der Brennhexenzeit ging etwas verloren, was so nicht wiederkommen wird. Das kann kein modernes Kommunikationsgerät ersetzen.

Ich staune, wieviel Sätze über solch einen kleinen Herd gemacht werden können.

August 2011, morgens mit dem Rad nach Zwischenahn

Donnerstag in Zwischenahn.
Alles fasse ich dort an:
Schuhe, Kleider, jeden Stuß
Denn ist ja Sommerschluß.

Nichts gefunden – Gott sein Dank –
Ab zum See auf eine Bank.
Ab und zu auf Wasser sehn
Gilts zu lernen, zu verstehn.

Segel-, Tret- und andre Boote
Geben maritime Note,
Und am Steg hupt unter Zwergen
Luxusliner nach Dreibergen.

Auf der Promenade
Sieht man manche Wade –
Frauen sind im Sommer schön,
Wirklich reizend anzusehn.

Bei Männern sieht man besser weg
Wenn überm Gürtel zu viel Speck
Und Socken in Sandalen.
Schlimmer als Vandalen!

Da sitz ich lieber doch allein
Im sommerlichen Sonnenschein
Sprech meine Worte in den Wind
In dem sie aufgehoben sind.

Und wenn ich dann nach Hause fahr
Bedenke ich so manches Jahr,
Das längst vergangen – nicht vergessen –
Wars Glück, wars Leid, wer wills ermessen?

Schreibe Briefe in die Luft,
Manche gehn in eine Gruft
Zu verwandten Seelen,
Die sich nicht mehr quälen.

Himbeeren, rot am Wegesrand,
Pflücke ich mit meiner Hand,
Denk dabei an Götterspeise
So auf meine eigne Weise:

„Lieber Gott, ich danke dir,
Daß du gibst zu essen mir.
Mache auch die andern satt,
Gib, daß keiner Hunger hat.“

Wie geht es dir?

Wie geht es dir?
Wie gut
Würde es mir gehen,
Wenn nicht dauernd
Gefragt werden würde:
„Wie geht es dir?"

Das Leben der Hühner ist rot

„Ich wollt' ich wär ein Huhn,/ ich hätt' nicht viel zu tun,/ ich legte vormittags ein Ei und abends wär' ich frei ..." hieß, das heißt, es gibt ihn ja immer noch, ein Schlager, und wenn er beschwingt von einem Trio oder Quartett zum Besten gegeben wird, wird dem Zuhörer sofort ein lustiges, flatterndes im Sand buddelndes Hühnervölkchen vorschweben. Aber das Leben der Hühner ist rot, hatte ein gestörtes Kind erklärt, mit dem ein Test gemacht wurde, und statt eines Huhnes nur rote Tusche aufs Papier gemalt. Klar ist das Leben der Hühner rot und dann währt es auch noch nicht einmal 100 Tage.

Nach dem Krieg, als wir Unterstützung aus Amerika bekamen, hörte ich, es gibt Hühner in Dosen. Ein ganzes Huhn in einer Dose von ganz normaler Größe! Wie denn das, fragte ich mich. Mir, die an Omas Hühner auf ihrem Hof gewohnt war, erschien das unmöglich. Ihre mußten in einem Riesentopf stundenlang vor sich hinköcheln, um dann die Brühe zu ergeben, die, oben dottergelb in großen Fettplacken einen Toten wieder erwecken konnte. Na, nicht ganz, aber eine gute Krankenbrühe war sie allemal und half ihm bald wieder auf die Beine. „Und die Knochen sind so weich, daß man sie mitessen kann." Wirklich, das gab es, ein ganzes Huhn im Stück in einer Dose, mit weichen Knochen. Auch ein wenig gräuliche fettlose Brühe fehlte nicht.

Damals wußte ich noch nichts von Luftdruckkesseln, in denen die Hühnerdosen haltbar gemacht wurden. Sie kamen als Überlebensmittelhilfe zu uns ins alte Europa und wurden hier begeistert aufgenommen. Und natürlich bald nachgemacht. Heute gibt es sie zum Preis von 1,66 Euro, kaum ein Kilo schwer, nicht mehr in Dosen, sondern in Kartons in den Tiefkühltruhen der Supermärkte.

Unterwegs komme ich an einem alten, stillgelegten Bahnhof vorbei, den ein Mensch gekauft hat. Schon am Beginn des Weges, der dahin führt, ist ein Schild angebracht, auf dem ein Huhn abgebildet ist. Ein normales dreieckiges Warnschild mit rotem Rand und dem Huhn in der Mitte. Tatsächlich, sie rennen da rum, mit Hahn beglückt und es macht Freude, ihnen zuzusehen. Inzwischen kaufe ich meine Eier dort und demnächst werde ich nach einem Suppenhuhn fragen.

Vor acht Wochen hatte ich folgenes Erlebnis: An der Lehte fuhr ein Viehtransporter rückwärts bis an ein offenes Gatter von einer Weide, gefolgt von einem zweiten. Kühe waren da aufgeladen und wollten partout nicht runter, brüllten wie verrückt und es war nichts zu machen. Erst als die Kälber vom zweiten Transporter abgeladen und auf der Weide brüllten, bequemten sich auch die Kühe. Was dann kam hatte ich noch nie gesehen: ein einziges Tohuwabohu. Alles rannte und brüllte wie toll durcheinander, sprang im Kreis und gebärdete sich wie wahnsinnig. Ich ging vorsichtig auf die beiden Fahrer zu, die am Zaun standen und dem „Spektakel" zusahen und fragte, was das zu bedeuten hätte. „Die werden gleich ruhig", meinte einer, „wenn jedes Kalb seine Mutter gefunden hat. Außerdem sind sie fast blind, weil sie bis jetzt im Stall gestanden haben. Da ist es dunkel und sie müssen sich erst an das Licht gewöhnen." Nach einer Weile trat auch Ruhe ein, jeder hatte sein Liebstes gefunden und zusammen das Paradies. Seitdem fahre ich dort manchmal extra vorbei, steige vom Rad und erkläre ihnen, wie gut sie das haben, denn nicht weit von ihnen entfernt ist einer der modernsten Kuh-Lauf-Ställe entstanden, der sogar im Fernsehen vorgestellt wurde. Ein Riesenschuppen, die Seiten offen, mehr als 100 Kühe darin (für meine Begriffe nicht allzuviel Raum), in dem sie umhergehen können. Sie können sich auch duschen, wenn sie mögen, sich von rotierenden Bürsten massieren lassen und wenn sie gemolken werden wollen, stellen sie sich auf und ordnen sich ein, als wenn sie auf den Bus warten würden. Ist das nun tatsächlich ein Fortschritt für die Kühe? Alles funktioniert automatisch. Und die Hühner? In ihren riesigen Ställen brennt das Licht rund um die Uhr. Die wissen überhaupt nicht mehr, woran sie sind.

Neben dem Kuh-Lauf-Stall gibt es große Weiden und Wiesen, das heißt, es gab sie mal. Man hat sie zu einem Golfplatz umfunktioniert, auf dem die Herrschaften spielen. Ach, wenn ich Aladin wäre mit der Wunderlampe und Sesam öffne dich sagen könnte! Wie sie aus ihren modernen Käfig-Lauf-Ställen kämen, und das richtige Hühner- und Kuhleben könnte beginnen!

Wir haben von allem viel zu viel und dennoch hören wir seit Jahren täglich und fast stündlich das Wort „Krise". Ja, wo ist sie denn? Es ist fast wie eine Beschwörung. Einem ungebildeten Menschen wie mir, müßte man das erstmal richtig erklären. Noch ein zweites Wort mißfällt mir, das häufig angewendet wird: „spektakulär". Diese überdimensionierten kurzatmigen Großveranstaltungen erinnern mich immer an das „Spektakel" der Hitlerzeit. Wir ändern nichts, wir Einzelkämpfer, es hilft auch nichts, zum Vegetarier zu werden, oder soll man sich wie Jan Pallach für eine Idee verbrennen? Nee, nee lieber nicht, dafür ist das Leben mit seinen unspektakulären Freuden immer noch zu schön.

Der Großzügige

am montag
sagt der arbeiter
ist heute erst rum
ist die woche gelaufen

der arme
nimmt keinen kredit
er bezahlt bar
er lebt von frist zu frist
und den rest
verschenkt er großzügig.

Wehe wehe, wenn ich auf das Ende sehe

Um meine Lebensgeister anzukurbeln, muß ich mich nur überwinden und zu einem Besuch aufraffen, der sehnlichst erwünscht wird, wie ich ganz sicher weiß. Es fällt mir schwer, aber ich werde gestärkt zurückkommen. Hilfe zur Selbsthilfe, könnte ich ihn auch nennen.

„Wenn es soviel Anschauungsmaterial von anderen gibt, die schneller als man selbst abdanken, wird die Angst übermächtig. Ich glaube, je kleiner die Scheu vor dem Tod wird, umso mehr hängt man am Leben", schreibt Hertha Müller, Nobelpreisträgerin für Literatur 2011, in ihrem Buch *Atemschaukel*.

Ewa, bei meinem ersten Besuch in der neuen Bleibe: „Einzelhaft." Mir fällt ein, daß auch das Monument diesen Ausdruck in ihrem letzten Lebensjahr anwendete und zugegeben, er paßt auch auf meine Situation. Bei meinem zweiten Besuch als erstes: „Käfighaltung." O mein Gott, ja, auch wenn es eine alte Villa sein soll, die sie als Käfig erlebt. Anscheinend ist das der Trend, mehrere Familien tun sich zusammen, mieten ein Haus, in das sie ihre Verwirrten und Kranken geben, lassen einen Pflegedienst das Notwendigste tun, stellen eine Schwester ein und genug (genug wird hier nie genug sein) Hilfspersonal, das die Kranken versorgen soll. Meine schöne alte, mir seit Jahrzehnten vertraute Ewa, aus ihrer Villa in diese umgezogen, ist keineswegs verwirrt, wenn sie aber noch länger hier bleiben wird, und das sieht ganz so aus, denn ich entdecke einige Möbelstücke aus ihrem alten Zuhause, wird sie es unweigerlich werden. Ich merke, wie ihr mein Besuch gut tut und welche Verwandlung mit ihr stattfindet. Sie erinnert sich an alles, fragt nach meinen Kindern, weiß ihre Namen, erinnert mich daran, daß das noch meine

Rosen sind, die dort in einer Vase auf der Kommode stehen und daß ich ihre Lieblingsblumen nicht bekam: Lilien. Sie liegt. Sie liegt morgens um elf noch im Bett, ist nicht angezogen, und ich frage mich, ob erst durch meinen Besuch jetzt jemand erscheint und ihr beim Ankleiden behilflich sein will.

Sie ist glücklich, daß ich gekommen bin, ihr die Lieblingszeitung und Konfekt mitgebracht habe, wovon sie sich gleich ein Stück in den Mund steckt, nachdem sie mir und der Schwester erst davon angeboten hat. Kann man höflicher sein?

Nach einer Weile kommt die Betreuerin und wird sie zum Essen holen. Sie faßt nach meiner Hand und sagt „Du bleibst", und läßt sie nicht mehr los. Auch das ist eine Erfahrung, die ich in den letzten Jahren (ich bin zu einer Art von Wahlverwandtschaftsbesucherin geworden) gemacht habe, die Menschen werden im Alter sanfter, geben mehr von sich preis.

Auch wenn seit Jahrzehnten befreundet, ließen wir es lange Zeit beim Sie und ich frage mich, ob das wohl so ganz in Ordnung ist, wenn sich hier durchweg alle Menschen duzen. Die „Würde des Menschen", die unantastbar sein sollte, wie es bei Kant heißt und im Grundgesetz verankert ist, scheint mir hier unbekannt zu sein. Vielleicht liegt es aber auch daran, daß wir für diese Welt zu alt geworden sind. Kann das sein?

Um mich herum hat das große Finale eingesetzt und wenn ich das alles so betrachte, bekomm ich große Angst, die aber auch der Grund sein könnte, daß ich noch immer in ganz guter Verfassung bin und soo gerne lebe. Vielleicht ist das aber auch schon Altersblödsinn, wie man das früher nannte, wenn mir plötzlich einfällt, laut vor mich hinzusagen: ick sitze hier und wundre mir, uff eenmal jeht se uff die Tür. Ick stehe uff und kieke, und wer steht draußen, icke. Manchmal tanze ich auch mit icke allein in meiner Küche den Altersblues. Scht, ganz leise, nicht weiter sagen.

Die Tilsiterin sagte oft, wenn sie nur sich und ihren Mann meinte: „Wir beide mit Walter." Als ob man so prall voller Leben war, daß man sich verdoppeln mußte. Schön ist das.

Wir Alten werden zum Dauerbrenner und zu Studienobjekten. Plötzlich ist Alterssexualität nicht mehr tabu (wird in Apothekenmagazinen sehr empfohlen) und wird auch in Alten- und Pflegeheimen auf einmal wahrgenommen und beim nächsten Besuch hat der verwirrte Ehemann eine Frieda neben sich, die ihn zärtlich berührt und fragt, gehen wir zu mir oder zu dir. Wie das Leben eben so spielt, kann man hier nur sagen.

Wir können ja nun nicht alle früh sterben oder uns aufhängen. „Schlagen sie uns Alte doch tot", begehrte das Monument auf, als es den Blick des Arztes auf ihrem Geburtsdatum ruhen sah: 1904. Ob Goethe auch verwirrt war, als er hochbetagt dem jungen Mädchen Ulrike einen Heiratsantrag machte? Vielleicht hätte er auch noch Zwillinge bekommen wie unser Hochbetagter, den Elise und Katja unseren Ulli nannten und unzweifelhaft wären sie eifersüchtig gewesen auf die um dreißig Jahre jüngere Frau.

Die Tür geht auf und Gustav erscheint. Hinter ihm eine kleine Dicke, die ihm unbedingt die Glatze küssen will, was ihm nicht gefällt. Er geht an Ewas Schrank und sucht seine Schuhe, denn er will ausgehen. Ja, wo sind die denn? Und wo ist der, der mit ihm rausgehen könnte?

So geht das hier den ganzen Tag, sagt Ewa, und auch noch nachts. Ist das hier noch Leben, das herrscht, oder rinnt es hier aus?

Wenn ich dann nach Hause fahre mit dem Rad, und um

mich herum tobt dieser wahnsinnige Verkehr und in den Geschäften diese auf vollen Touren laufende Einkaufsmanie, hinsichtlich der bevorstehenden Feiertage besonders ausgeprägt, wundert man sich, daß es nicht noch mehr Verdrehte gibt.

Im kleinsten Staat der Welt, stand neulich in der Zeitung, soll nicht mehr nach Wirtschaftswachstum gefragt werden, sondern man will die Bürger, die in ihm wohnen, glücklich wissen. Ein Thema für zig Talkrunden.

Es gibt eine Geschichte bei Hildesheimer, in der die Tante, durch ein Kriegstrauma geschockt, immerzu Weihnachten feiern will und sofort zu schreien anfängt, wenn das nicht sein kann. Zuerst macht die Familie das mit, denn wer will schon einen geliebten Menschen unglücklich wissen, aber nach und nach werden die einzelnen Familienmitglieder durch Schauspieler ersetzt und die Tante ist glücklich. Manchmal komme ich mir auch wie solch ein Ersatzspieler vor und bin gespannt, was das Alter noch bringen wird.

Mister Mint

Beim Anblick meiner Schuhe kam mir plötzlich Schuster Plink in den Sinn. Sie wohnten unter uns und sein Werktisch stand genau am Fenster zum Hof. Er war niedrig, quadratisch und der Meister saß auf einem dreibeinigen Holzschemel davor in seiner Schusterschürze. Weil der Schemel und der Tisch niedrig waren, dachte ich als Kind immer, der Schuster sei kleiner als ich. Ein Kinderlied ging so: „Im Keller ist es duster, da wohnt ein armer Schuster, der hat kein Licht, der hat kein Licht und meine Laterne, die kriegt er nicht." Das war mir immer jenant, heute noch. Wie man schon als Kind seinen Phantasien ausgeliefert war. Und dann der Geruch. Unter seinem Werktisch stand das Holzfaß mit Wasser, in dem das Leder lag, um geschmeidig zu sein, wenn es benötigt wurde.

Schuhe reparieren war eine Arbeit, die Zeit erforderte und man mußte sich gedulden, im Gegensatz zu heute. Hat man etwas mit seinen Tretern, geht man zu Mister Mint, der meistens im Kaufhaus im hintersten Eckchen einen Platz abbekommen und sich dort etabliert hat. Dort hilft er der Laufkundschaft wieder auf die Füße, das heißt, wieder in die Schuhe, damit man seine Shoppingtour fortsetzen kann. Dazu nimmt man auf einer Art von Barhocker Platz, Schuhe ausziehen, übern Tresen reichen, er besieht sich den Schaden, reißt ruckzuck die Sohle oder den Absatz ab, nimmt aus einem Regal vorgefertigte Ersatzstücke, klebt, schneidet das, was zuviel ist ab, geht damit an die Drehbank, schleift glatt und: „26,50 Euro bitte schön." „Kein Problem", sagt er, wenn ich um etwas weicheres Material bitte. Es sollen nicht gerade Leisetreter sein, aber ich möchte auch nicht schon aus fünfhundert Metern Entfernung zu hören sein. Schließlich bin ich kein Soldat in Stiefeln. Aber das bekommt er nie richtig hin, immer ist es für meine Begriffe zu laut, dabei bin ich schwerhörig!

Anders bei Mister Plink. Der machte schiefe Absätze gerade, ohne gleich den ganzen Absatz zu erneuern. Auch das Oberleder wurde gekonnt geflickt, wenn die Stelle da, wo das Hühnerauge sitzt, zuerst brüchig geworden war. Die Sohle wurde seitlich verstärkt, wenn man einen verschiewelten Gang hatte.

Ich sehe ihn noch da sitzen, die Lippen voller Speilen, das sind kleine Holzstifte, die notwendig wurden, wenn Sohle und Brandsohle miteinander verbunden wurden. Dazu wurde der Schuh über den Dreifuß aus Eisen gestülpt und dann wurde gehämmert. Habe ich bei Mister Mint noch gar nicht gesehen, ob der auch einen Dreifuß hat? Mal aufpassen, wenn ich hingehe. Wenn etwas am Schuh zu nähen war oder gar ein Paar Zwiegenähte hergestellt wurden, dann wurde der Faden erstmal durch ein Pechstück gezogen bevor mit der Ahle vorgestochen wurde. Das Pechstück nahm ich manchmal in die Hand und roch daran und staunte über die tiefen Rillen, die der Faden hineingezogen hatte. Das war Qualitätsarbeit, die der Meister da leistete, also verachtet mir die Meister nicht.

Seume, der von Grimma aus zu Fuß nach Syrakus ging und neun Monate in denselben Stiefeln unterwegs war, lobte am Ende seiner Tour seinen „mannhaften alten Heerdegen in Leipzig", dessen Arbeit so gut war, daß die Stiefel nochmal die gleiche Entfernung ausgehalten hätten. Wörtlich: „... daß ich in den nämlichen Stiefeln ausgegangen und zurückgekommen bin, ohne neue Schuhe ansetzen zu lassen, und daß diese noch das Aussehen haben, in baulichem Wesen noch eine solche Wanderung mitzumachen." Das war vor mehr als zweihundert Jahren.

Gute Schuhe waren teuer zu allen Zeiten und da war es gerechtfertigt, wenn man bis zum Überdruß zu hören bekam: „Paß auf deine Schuhe auf, sieh, wohin du trittst, schlurf nicht so" und unausbleiblich „halt dich gerade." Heute erlaubte ich mir, weil ich diese Story im Kopf habe, einen diskreten Blick auf die Fußbekleidung meiner Zeitgenossen zu werfen. Zum Schämen! möchte man sagen. Nicht ein einziges Paar gepflegter Lederschuhe war auf der Straße zu sehen. Ob die im Auto spazieren gefahren werden? Kein Wunder, daß wir alle so verscheiwelt gehen bei diesen wenig fußgerechten Gurken.

Zum abendlichen Ritual gehörte das Schuheputzen und einmal in der Woche erbarmte sich der Haushaltsvorstand und das ging natürlich auch wieder nicht ohne Ermahnungen ab. Nach Größe aufgereiht standen sie auf ausgelegtem Zeitungspapier (nie auf dem Tisch, denn das bedeutet Unglück) und harrten ihrer Erneuerung. Erst den Sand aus den kleinen Schuhen kippen, mit grober Bürste den festeren Schmutz entfernen, dann die gute Erdalcreme, die mit dem Frosch, auftragen, einziehen lassen und dann polieren, was das Zeug hält. Wunderbar das Ergebnis, eine Parade toll gewichster Schuhe.

In meiner Kindheit gab es nur eine Sorte von Turnschuhen. Die waren aus schwarzem Stoff, ähnlich wie Ballettschuhe, mit einem Gummizug, damit sie am Fuß hielten. Die trugen wir alle beim Sport, keiner hatte welche mit drei oder vier Streifen an der Seite. Irgendwie war das zumindest früher einfacher.

Prinz Charles besitzt 200 Paar Schuhe, alle handmade und aus feinstem Leder. Von seinen 123 Bediensteten, die für ihn und seine Camilla tätig sind, haben einige davon sicherlich nur damit zu tun. Die haben vielleicht sogar einen eigenen Butler. Auch der Papst hat tolle Schuhe. Dieses Rot! wenn mal sein Fuß unter dem weißen Gewand hervorschaut. Bestimmt Saffianleder. Ach, solche hätte ich gern mal. Die Großen dieser Welt haben ihre Leisten bei weltberühmten Experten stehen, nebeneinander, und wenn sie nicht mehr benötigt werden, sind sie Souvenirs dieser Welt und werden hoch gehandelt.

Albert Camus, Nobelpreis für Literatur 1956, berichtet aus seiner Kindheit, daß es eine Katastrophe und Schläge bedeutete, wenn die Schuhe, extra mit Eisennägeln versehen, damit die eigentliche Sohle länger hielt – das kenne ich auch –, beschädigt wurden, etwa beim Fußballspielen, das er so liebte. Die waren so arm, daß er sich stets bewußt war, was es für die Familie bedeutete, wenn etwas kaputtgemacht wurde.

Muß man erst arm gewesen sein, um den Wert der alltäglichen Dinge richtig einschätzen zu können?

Die Werkstatt war gleichzeitig die Küche und es roch nicht nur nach dem nassen Leder in der Tonne, sondern man bekam auch mit, was es bei Plinks zu essen geben würde. Frau Meisterin erledigte das Finanzielle, packte das reparierte Paar Schuhe in Zeitungspaper ein und plauderte etwas mit der Kundschaft. Vor dem Haus hing ein Stiefel aus Metall an dünnen Ketten und schwang bei Wind sachte hin und her. Schließlich mußte man wissen, auch als Fremder, wohin man seinen Fuß setzen kann, wenn der Schuh drückt. Das Meisterchen hatte Glück. Während des Krieges war er bei der Marine, hielt das Schuhwerk seiner Kameraden auf Vordermann, fand nach Ende desselben Frau und Tochter im Westen wieder, eröffnete ein Geschäft für Maßschuhe, bildete auch Lehrlinge aus und wenn sie nicht gestorben sind, leben sie noch heute. Das ist natürlich Unsinn, aber es gibt Menschen, die leben so bescheiden, unauffällig und zufrieden ohne Aufhebens zu machen. und so sind sie auch gestorben, wie mir die Tochter erzählte.

Handwerk hat goldenen Boden, wurde gesagt, und das stimmt immer noch. Schade, daß alles Unternehmensberater werden will. Ist es nicht toll, wenn etwas wieder instandgesetzt worden ist? Aus einer verwohnten Unterkunft entsteht ein ganz neues Zuhause. Warum werden nur immer Architekten erwähnt und nie die Ausführenden? Aber was will ich denn hier ausführen, das ist ja ein viel zu weites Feld. Ich muß doch noch mit meinen Schuhen zu Mister Mint. Eigentlich muß an der Hacke nur ein Stückchen erneuert werden. Wenn ich runter gehen könnte zu Meister Plink, würde er mir schräg ein Stückchen einsetzen, ich würde ihm dabei zusehen wie er hämmert, trotz der Speilen zwischen den Lippen, reden kann, ja, und rauchen kann er auch dabei. Ob er wie Hans Sachs auch singen konnte, weiß ich nicht. Möglich wäre es schon.

Warum fragte ich nicht?

Lina Seidler,
die meine Familie noch kannte,
sagte mal:
du hast keine Liebe empfangen
und kannst deshalb auch keine geben.

Das hängt mir an
ein Leben lang
und ich grübel darüber nach.
Was ist das überhaupt, Liebe?
Benenne sie, gib ihr eine Form.

Kann doch nicht jeder Mutter Theresa sein
oder Martin Luther King:
I have a dream.
Den kann man auch haben,
wenn man lieb-los ist.

„Zergrübel dich nicht,
horch nicht hinter die Dinge",
schreibt mein Landsmann
Arno Holz.

Manchmal sehne ich mich nach ihr
und Otto, ihrem Mann,
der die Geige vorholte, wenn ich kam.
Unpassend kam ich nie.

Lina und Otto gingen schon als Paar
über den Platz, als ich noch Kind war.
Hat sie Liebe empfangen
als „angenommenes Kind",
wie Oma zu berichten wußte?

Warum fragte ich nicht?

„Man darf gespannt sein"

Weißt du, was die Schuhe kosten?
Hundert, rate ich.
Einhundertneunundneunzig. Mephisto!
Ich: Na, die halten auch zehn Jahre.
Länger, sagt sie,
die kann ich auch noch länger tragen.
Elfriede ist dreiundachtzig.

Wenn ich wieder fit bin,
besuchen wir Sonja,
sagt Ruth,
die seit zwei Jahren,
nach Rückenoperation,
sich mühsam fortbewegt.
Es soll ihr schlecht gehen,
sie ißt und trinkt nicht mehr
und soll ins Heim.
Ruth ist zweiundachtzig.

An der Tür
zu mir:
Du würdest mir fehlen,
wenn du nicht mehr da bist.

Zuhause rufe ich besorgt
bei Sonja an.
Ich komme gerade vom Einkauf,
flötet sie.
Du fehlst mir,
komm mal rum.

So viele Gläser und kein Schluck.
Den bringe ich mit,
sage ich.
Sonja ist achtundsiebzig.

Wenn man viel Zeit hat,
kann man sich viel vorstellen,
sagt Grete,
die gerade ihren Vierundneunzigsten feiert,
seit dreißig Jahren
„ein schwaches Herz" hat
und zum zigsten Mal
ihr Testament umschreibt.

In Großbritannien
wird der dreiundachtzigste gefeiert.
Ich rufe an,
Freundschaft seit 1947.
Wir reden dies und das,
von der Schwester,
die seit anderthalb Jahren
im Koma liegt,
kein Wort.

Meine Beste sagt beim Treffen:
Ich bin gespannt,
wer von uns Bartenern
die letzte sein wird.

Träumen kann man doch

Die in Olympia ausgetragenen Wettkämpfe in vorge-
schichtlicher Zeit wurden 393 n. Chr. durch Kaiser Theo-
dosius verboten. Dann war Pause, bis sie wieder 1896 in
Athen aufgenommen wurden. 1940/1944 fielen sie aus
bekannten Gründen aus. Leider wurde bei der Wieder-
aufnahme der wichtigste Tag vergessen: „... am letzten
Tag lasen Dichter und Philosophen aus ihren Werken", so
steht es im Lexikon.

Das muß man sich mal vorstellen und im Kopf wälzen.
Nach all der Hektik, dem Fahnenschwenken, dem Rennen, dem Springen, Diskuswerfen, Schwimmen und
sonstnochwas alles, kommen die Dichter und Denker
zum Zuge. Mit einiger Phantasie lasse ich unsere Avant-
garde an diesem Tag die Arena betreten; unsere gealterten
östlichen Philosophen und Dichter, die aus dem lesen, was
sie mit letzter Tinte zu Papier brachten, ihre Weisheit in
die Münder ihrer Helden legen, sie philosophieren lassen.
Auch wenn es sich etwas genuschelt anhört, die Akustik
in diesen alten Theatern ist so vortrefflich, daß auch noch
der letzte alles mitbekommt.

Ganz still wird alles, wenn vorgetragen wird, wie die
vier Jokehner von der Musterung heimfahren im Guts-
schlitten. Nachdem sie sich nackt der Musterungskom-
mission präsentieren müssen, sich hinsichtlich der Sauberkeit belehren lassen müssen, wurde es Zeit, sich um
den Bärenfang zu kümmern und sich auszutauschen.
Mikoteit meinte: „Der Mensch ist ein häßliches Tier, da,
seht euch mal die Pferde an oder die Hunde, sogar
Schweine sehen manierlich aus. Aber der nackte Mensch,
zum Kotzen." Daß die Fahrt nicht ohne Komplikationen
abgehen konnte, versteht sich von selbst, zumal Bären-

fang und die verdunkelte Kleinbahn aus Nordenburg kommend, mit im Spiel sind.

Na, und ganz klar dürfen die Helden von Suleyken auch nicht fehlen mit ihrer Weisheit. Man denke nur an die Konferenz, bei der es um die Poggenwiese geht, die Großvater Hamilkar Schaß zum Eigentümer von Suleyken erklären soll. Das dauert ewig, aber er kann warten, hat sich sogar auf das Pflanzen von Zwiebelchen eingerichtet. Als er siegreich von Schissomi nach Suleyken heimkehrt, erhält die Poggenwiese nach gegebener Zeit den Namen „Hamilkars Aue".

Eigentlich erfordert diese Bedächtigkeit noch einen zweiten Tag, denn Arno Holz mit seinem Phantasus muß doch auch gehört werden und wer könnte uns würdiger vertreten? „Das alte Nest! Die alten Dächer! Aus dunklen Linden dort der Turm! Wie klangen Sonntags seine Glocken ..." Das ist Rastenburg, das heute Ketrzyn heißt.

Übrigens müssen junge Olympioniken dafür sorgen, daß Dichtern und Denkern die Pfeifen nicht ausgehen und die Tinte. Besser, sie halten genügend Kugelschreiber bereit. Auch das Glas sollte nicht leer werden. Einmal sollte es eine Pause geben, und wenn sich danach wieder alles eingefunden hat, vielleicht auch etwas zu sich genommen hat inzwischen, kommt Herta Müller mit ihrem „Viehwagenblues", den nach der Wiederholung in grenzüberschreitende Melodie alle mitsingen können: „Im Walde blüht der Seidelbast,/ im Graben liegt noch Schnee,/ und dass du mir geschrieben hast,/ das Brieflein tut mir weh." Dazu könnte das Publikum im großen Oval mit den Armen den Blues begleiten, wie man das heute so macht: wedeln oder schwenken.

Sehr schade, daß diese Sitte nicht mehr aufgenommen wurde. Wo könnte man einen Antrag stellen, um das wieder aufleben zu lassen? Denn das leuchtet doch sofort ein, daß nach all dem Trubel und den Siegerehrungen solch ein Tag notwendig ist.

Wenn ich mit dem Rad unterwegs bin, sehe ich, daß sich Menschen die alten Griechen ans Haus oder in den Garten stellen. Einer hat den Discuswerfer gleich zweimal auf seiner Terrasse stehen, ein anderer die Athene, und wenn ich an dem Knaben vorüberkomme, der sich einen Dorn aus dem Fuß zieht, hoffe ich, daß das kein schlechtes Omen ist und blicke besorgt auf meinen Reifen, der nicht zum Plattfuß werden soll.

„Auf einem Berg von Zuckerkant unter dem Machandelbaum ... blinkt mein Pfefferkuchenhäuschen." Mit diesem Text von Arno Holz sollte unser Beitrag enden, denke ich. Träumen kann man ja als Dichter, oder?

Darf ich fragen, wie alt Sie sind?

„Darf ich fragen wie alt Sie sind?" Immer wieder diese blöde Frage! Nein, möchte ich am liebsten sagen, verdammt nochmal, nein!!! Aber diesmal laß ich mich nicht auf's Glatteis führen und lenke vom Thema ab. Was ist das nur für eine Unsitte. Warum nehmen wir uns nicht so, wie wir sind, was macht das für einen Unterschied? Man sieht es doch, daß ich ein alter Mensch bin.

Im Zug saß mir ein altes Männchen gegenüber mit seiner jüngeren Frau, und, auch gefragt von einem Mitreisenden, führte er stolz vor, was er mit seinen vierundachtzig Jahren noch alles kann. Im Ernst, er brachte seine große Zehe bis an die Lippen, erzählte, daß er jeden Tag Yoga mache und dabei auf dem Kopf stünde, und wenn der Zug nicht so geruckelt hätte und es wegen eines Tunnels dunkel wurde, er hätte sich glatt auf dem Gang in Positur gebracht. Ach, wie sind wir süchtig und immer fishing for Compliments. Hört das nie auf?

Ist es der Buddhismus, der keine Geburtstage kennt? Wunderbar, der Weg ist das Ziel. Immer nur Weg, der zum Ziel geworden ist.

Ich gehöre zu den Menschen, die erst alt werden mußten, um zu begreifen, nicht zu denen, die schon fertig auf die Welt kommen. Deshalb muß man alt werden, um zu begreifen, was für einen selbst wichtig ist, was einem gut tut und erst spät begreife ich, was damit gemeint ist, du sollst den andern lieben wie dich selbst. Da muß man erstmal hinkommen, wir kümmern uns eher um andere, weil das so viel einfacher ist und außerdem macht es auch noch einen guten Eindruck.

Ist es erstrebenswert, jeden Tag wie ein Irrer zu rennen, bis zum Grab in Trab zu sein? Und wenn, dann bitte im

Stillen, gehen wir anderen doch damit nicht auf die Nerven. Was bin ich doch für ein toller Hecht! Die Schönheit eines Lebens sollte anders aussehen.

Das Höchste, was ein Mensch erreichen kann, ist ein intelligenter und heiterer Gesichtsausdruck, habe ich irgendwo gelesen. Wir sehen alle so verbiestert aus, immer in Eile, der gepackte Koffer auf dem Flur, am liebsten in acht Tagen um die Welt.

„Spät erst erfahren sie sich", heißt es in einem Gedicht von Gottfried Benn. Das stimmt, die ganze Gurkerei „bringt" nicht viel, um sich in Neudeutsch auszudrücken, sie zerstreut eher und macht nervös. „Gestern Nachmittag war das Glück bei mir. Ich war nicht zu Hause. War unterwegs, Glück suchen …" Diesen Spruch habe ich vor mehr als fünfzig Jahren neben meinem Eßplatz an die Wand geklebt. Oft genug war ich nicht zu Hause, leider …

Aber jetzt klappt es immer besser, und wenn ich sehe, wie alles um mich herum mit Smartphones, Computer, Internet und Handys beschäftigt ist, und in welch kurzer Zeit das um sich gegriffen hat, bekomme ich es mit der Angst zu tun. Wo führt das hin?

Wo führt das hin, wenn ich zu meinem Gesprächspartner am Telefon sagen muß: „Hör mal, du hast zu tun, ich rufe später noch einmal an. Wann würde es dir besser passen?" (Ich höre nämlich an den Nebengeräuschen, das am anderen Ende noch etwas nebenbei gemacht wird) „Nein, nein, sprich nur weiter, das macht mir nichts aus." „Mir aber", möchte ich am liebsten sagen. Schaffe es aber nicht, weil ich zu feige bin, beende jedoch das Gespräch bald.

Das Geist ist aus der Flasche, denke ich, und geht nicht mehr zurück. Wo wird das hinführen, wenn Menschen zusammen an einem Tisch sitzen und jeder für sich, sein Getränk vor sich, chattet oder wie das heißt. Natürlich kann nicht jeder so dämlich sein wie ich, denn dafür werde ich gehalten. Daß ich das wirklich nicht möchte, glaubt mir niemand. Schon gerade deshalb nicht, weil ich allein lebe und damit könnte man sich doch die Zeit hervorragend vertreiben, wird argumentiert. Ach wir Armen, was wissen wir vom Glück, das einen überkommt, wenn man, auch allein, mit offenen Augen gemächlich durch die Lande fährt. Da ist zum Beispiel der Kanal, an dem ich absteige und den Schiffern zuwinke, die da vorbeikommen. Heute hieß ein Schiff Lucinda. Ist das nicht ein Name, der es in sich hat? L-u-c-i-n-d-a-, mal auf der Zunge zergehen lassen. Die Wildgänse beginnen sich zu versammeln und fressen sich noch einmal auf den abgeernteten Feldern satt und das Storchenpaar hat seine beiden Jungen in diesem Jahr auch durch den verregneten Sommer gebracht und wird sich ebenfalls bald rüsten.

Wenn ich sehe, daß Mütter mit ihren Kindern zusammen gehen und dabei telefonieren, nicht oder nur unvollkommen auf das Kind eingehen, tut mir das leid und ich denke, warum werden sie nicht aufgeklärt? Nicht einmal dem Hund gefällt das, der auch oft mit von der Partie ist. Meistens Kinderwagen, Hund, Handy. Vielleicht ist es notwendig, daß der Mensch sich erst in Bescheidenheit üben muß und eine gewisse Armut tät ihm gut, um zu lernen, sich der Verlockungen zu erwehren.

Klar wollten wir auch dem Zug der Zeit folgen und uns etwas leisten und schafften uns auf Elthilfe einen Eisschrank an. Jeden Monat kamen mit der Stromrechnung diese tollen Angebote ins Haus: nur elf Mark im Monat und man bekommt ihn, und die Milch wird nicht mehr sauer. Toll! Gemacht, und weil solch ein Ding damals ich glaube achthundert Mark kostete, kann man sich ausrechnen, wie lange man zu löhnen hatte.

Wir stellten ihn bald aus, weil wir gar nichts hatten, um

da reinzustellen, denn wir holten alles frisch, was wir am Tage brauchten. Für einen Großeinkauf reichte das Geld gar nicht. Das war ein teurer Spaß und eine gute teure Lehre. Warum hatte man nicht gehört, erst sparen, dann kaufen. Solche Erfahrungen sind lehrreich und Überziehungskredit gab es auch noch nicht. Gott sei Dank!, weil man noch kein Konto kannte. Es gab das verdiente Geld auf den Tisch oder bar auf die Hand.

Meine schönste Zeit war nicht die der Jugend. Seltsamerweise werde ich mir erst jetzt meiner Kräfte bewußt oder ich habe gelernt, sie besser einzusetzen. Als ob sich erst jetzt eine Art von Urvertrauen einstellt. Schon aus diesem Grund muß der Mensch alt werden, um das zu erfahren. Mein Chef sagte mir mal, er möchte ganz alt, ganz gesund und ganz reich sterben. Ob reich, weiß ich nicht, das andere erfüllte sich jedenfalls nicht. Er wäre gerne Pilot geworden, das war sein Berufstraum, weiß ich. Aber das Geschäft! Vom Vater nach dem Kriege hier neu aufgebaut, da muß man seine Pflicht und Schuldigkeit tun. Muß man das? Hätte er sich nicht lieber den Traum erfüllen sollen? Als Ersatz wurde, neben dem Geschäft, auf Anraten ein Freizeitjäger aus ihm. Und einmal sprachen wir über Gedichte.

Wir wollen doch wie Hiob lebenssatt und nicht lebensmüde von dieser Erde gehen, nicht weil wir ausgelaugt und verbraucht sind. Zu allen Zeiten gab es immer was, was nicht gut war. Vielleicht lernen wir auch mit dem Geist, der aus der Flasche ist, umzugehen. Ob ich mich für einen Kursus der Silver Surfer anmelde? Aber dann habe ich ja gar keine Zeit mehr, über Land zu fahren, mit der Freundin auf dem Balkon zu sitzen und über das Neueste vom Tage zu sprechen. Könnte man ja auch telefonisch erledigen, aber womöglich hantiert sie dabei in der Küche oder der Fernseher läuft! Das kann ich nicht ab, wie der

Oldenburger zu sagen pflegt. Ich bin für ein richtiges Sit in. „Also, paß auf", sagt sie „ich muß dir viel erzählen." Und dann geht es los. Dabei muß ich sie ansehen und freue mich, mit welcher Grazie sie die Dinge der Jugend hinter sich gelassen hat, mir keinen Kopfstand vorführen will, sondern mit ihrem Gehwagen gekonnt um die Ecke aus der Küche mit den Drinks gerollt kommt. Hut ab!

Oma

„*An einem Wintermorgen, vor Sonnenaufgang*"
Eduard Mörike

Im Türspalt, unten,
sehe ich Licht.
Ich höre und kenne
ihr morgendliches Ritual:
Stochern im Herd,
die über die Nacht geretteten
Glutstückchen
mit Papier und Spänen füttern.
Durch Pusten zum Brennen bringen,
Holzscheite auflegen.
Wasser im Kessel aufsetzen.
Asche nach draußen bringen,
wenn nötig verstreuen.

„Morgentoilette"
in der Emailleschüssel
auf dem Dreifuß.
Noch im Hemd, Barchent,
bis auf die Füße reichend,
entflicht sie den Zopf,
kämmt und bürstet
das grau melierte Haar,
das sie wie ein Mantel umhüllt.
Mit entschlossenem Strich und Schwung
alles über die linke Schulter
nach vorn
und wieder zum Zopf flechten,
der ihr bis in die Kniekehlen reicht.
Mit Haarnadeln zum Dutt aufstecken.

Anziehen der Maccoschlüpfer,
innen angerauht, außen glänzend,
schwarze Wollstrümpfe,
schwarze Knöpfelschuhe,
dunkles Kleid mit winzigen Blüten,
darüber dunkle Schürze.
Meine Oma
neunundvierzig Jahre alt,
kein bißchen sexy.

Etwas träge
stellt sie sich der Forderung des Tages:
Tiere versorgen,
das Schwein, Hühner, Kaninchen,
paar Enten, paar Gänse.
Kaffee, Kathreiner, aufbrühen,
Tisch, mit Wachstuch, eindecken.
„Aufstehen!"

Unter der Armutsgrenze,
nach heutigen Maßstäben,
lebte, ackerte, betreute sie,
hatte aber,
als „der Russe kam"
den gepackten Handwagen
schon im Stall unterm Stroh versteckt,
ging los
ohne Handy, ohne Kompass
und kam an!
Nahm ohne zu lamentieren
die neue Rolle,
die ihr bestimmt war,
an.

Nie, niemals,
wäre sie den Weg
zur Tafel gegangen.
Sie hätte sich immer
„zu helfen gewußt"
meine Großmutter Berta Priedigkeit.
Schade, daß wir uns
im späteren Leben
nicht mehr begegneten.

Einer ihrer Sprüche ging so:
Der Mensch kann noch so dumm sein,
er muß sich nur zu helfen wissen.

65 Jahre später
Die Enkelin
Die Achtzigjährige
steht auf,
dreht am Thermostat,
schon wird es warm,
stellt sich unter die Dusche,
wäscht und föhnt
das kurze weiße Haar,
brüht sich Bohnenkaffee auf,
zieht T-Shirt, Jeans und Blazer an,
ist um halb neun fertig.

Was nun? Was tun?
Am besten auf Spurensuche gehen.
Wer suchet, der findet,
würde Oma zitieren.

Rentner-Da-Sein

Beim Schwimmen
mitten im See
überfällt es mich:
das Glück.
Das Glück, am Leben zu sein.

Gleich:
frisch aufgebrühter Kaffee,
Zeitungen,
Sonderangebote studieren,
Einkaufen,
Kochen,
Hefekuchen backen.

Das einfache Leben.
Hände gefaltet
und gedankt.

Unglaublich oder vor lauter Licht
sieht man die Sterne nicht

Morgenandacht im Radio vor sechs Uhr. Der Mensch spricht über das Glück. Umfragen hätten ergeben, daß die glücklichsten Menschen zwischen fünfundsechzig und fünfundsiebzig Jahren sind. Die allerglücklichsten allerdings leben weitab auf einer kleinen Insel und ernähren sich noch ganz wie früher von Landwirtschaft und Fischerei. Und die Deutschen liegen weit abgeschlagen auf Platz einundachtzig. Man kann es fast nicht glauben. Mich hat niemand gefragt, die das Ergebnis eventuell hätte zum Kippen bringen können. Ausnahmen bestätigen die Regel, wird gesagt und vielleicht muß man noch älter als fünfundsiebzig sein, um begriffen zu haben, was Glück überhaupt bedeuten kann. Jeder hat da aber wohl seine eigene Definition „un wat dem Eenen sien Uhl, is dem Andern sien Nachtigal."

Einmal begleitete ich meine Freundin zur Kriegsgräberstätte Ysselsteyn in den Niederlanden. Dort ruhen 85 Gefallene aus dem ersten Weltkrieg und 31 524 Gefallene des Zweiten Weltkriegs. Ein Meer von Kreuzen! Viele davon mit der Inschrift „Unbekannter Soldat". Ehemalige Feinde liegen gemeinsam in derselben Erde. Man wird ganz still und demütig. Der Vater, dem ihr Besuch gilt, wurde 37 Jahre alt, so kann man es auf dem kleinen Holzkreuz lesen, davon verbrachte er sechs im Krieg. Er sah seine Kinder nicht aufwachsen und überhaupt, was für ein Wahnsinn liegt in dem allen. Man kann diesen Gedanken nicht zu Ende denken, wenn man die Gräberflut sieht. Man könnte den Verstand verlieren. Sie hat den kleinen mitgebrachten Kranz aus Buchsbaum über das Kreuz gehängt, auf dem der Name des Vaters steht. Wenigstens das. Viele haben noch nicht einmal solch eine Stelle. Noch einmal: Man muß sich das vorstellen, daß dieser Mensch gerade mal das Alter erreichte, das unsere Enkel heute haben.

Die Weisen der Vorzeit lebten in den finstersten Zeiten und waren die heitersten Menschen, habe ich gelesen und vielleicht verhält es sich ja so, daß der Mensch erstmal tragen muß, bevor er glücklich sein kann. Wir ganz Alten wurden in einer Zeit groß, die aus heutiger Sicht als rückständig zu bezeichnen ist und doch hatten wir mehr Sinn für den Alltag mit seiner Fülle. Talkrunden, die heute an der Tagesordnung sind, kannten wir nicht und manchem täte es besser, statt sich künstlich über die Armut der Welt aufzuregen, an die Luft zu gehen und sich einige Kalorien abzuwalken. Was ist das überhaupt für ein Begriff „Armut"? Überhaupt ist nur noch das Gelddenken parat. Ist irgendwo ein entsetzliches Unglück geschehen, kommt unweigerlich der finanzielle Schaden zum Ausdruck, gleich nach den Personenschäden, ich glaube, man nennt das heute bilateral.

Platz 81! Also das kränkt mich sehr. Aufklärung tut Not. Warum muß es immer mehr Wirtschaftswachstum geben? Kann nicht eine Runde von Experten, Wirtschaftsweise meinetwegen, ausbaldowern, wie man den Wohlstand am besten verwaltet, damit dieses Gerede von der dämlichen Schere, die sich immer weiter öffnet, endlich ein Ende hat? Dieses Denken von der Kaufkraft und der Kauflust der Deutschen könnte einem auch auf die Nerven gehen. Vielleicht sollte die Kultur des Sparens mal auf die Tagesordnung kommen. Ein einziges Schaufenster wird von 47 Lampen erhellt. Ganze Vogelschwärme werden irregeleitet, weil die Städte mit ihrer Helligkeit sie irritieren. Vor lauter Licht sieht man die Sterne nicht.

Einmal in der Woche kam der Heringsmann zu uns auf

den Platz. Das Faß beförderte er auf einem alten Fahrrad, das von dem Salzwasser schon ganz verrostet war. Für fünf Dittchen gab es zehn Salzheringe. Er fuhr, nachdem er den Deckel abgehoben hatte, mit der Holzzange in das Faß und unter Omas Anleitung wurden die richtigen für sie herausgefischt. Und nun berichtet sie ganz empört, es hätte für fünf Dittchen heute nur neun Heringe gegeben. Großvater war ein kluger Mann und sagte begütigend: „Wiefke, dann essen wir eben einen weniger. Der Mann braucht auch mal ein neues Rad." Man sollte den Kindern heute wieder mehr Märchen erzählen, z. B. das vom Fischer und seiner Frau, deren Wünsche ins Unermeßliche stiegen, bis sie zuletzt wieder in ihrer alten Bude saßen. Da war der Großvater ja noch mit seiner gut bedient, wahrscheinlich hatte er auch mehr Überzeugungskraft, wie man das heute nennt.

Mein Cousine hat Geburtstag. Sie wird achtzig Jahre und die Familie ist zum Essen eingeladen. Das ist eine Zahl, die muß man erst mal schlucken: 80!

Die Schwiegertochter, schon länger krank, ernsthaft, sagt: „Ich wollte, ich würde achtzig."

Zurück zum Glück. Die Heringe haben mich davon abgebracht. Noch nie gab es in unserer Geschichte solch eine lange Zeit des Friedens, das allein sollte schon genügen, um sich zu besinnen und bei der nächsten Umfrage, die ganz Alten nicht vergessen! Wir, das Volk der Dichter und Denker mit ungebrochener Kauflust in Shopping-Mall und Outlet-Center unterwegs, nur an 81. Stelle, wenn es um das Glück geht? Das ist doch unglaublich.

Oktober

Ein wundervoller Oktober in diesem Jahr. Er zieht alle Register und damit es mir mit dem Weg nach Gerdauen nicht so geht wie mit dem Tulpenbaum, den ich jedes Jahr fotografieren wollte und der auf einmal nicht mehr da war, also los, raff dich auf.

Es muß durchaus nicht der „goldne" Oktober sein, mit Sonnenschein oder so. Er hat auch andere schöne Tage. Sie sind etwas diesig, sehr still, die Sonne gibt es irgendwo, doch sie hat es noch nicht geschafft, sich durchzusetzen. Auch ohne Wind fallen die Blätter in Mengen und „wer jetzt kein Haus hat, baut sich keines mehr ..." soll uns heute nicht betrüben. Den Weg entdeckte ich schon vor Jahren. Er zweigt von dem ab, dem ich sonst im großen Bogen folge, um nach Hause zu kommen. Irgendwie schaffte ich es nie, da abzubiegen. Jedesmal: andermal.

Doch heute soll es werden und als es soweit ist, biege ich rechts ab. Da liegt sie, die Chaussee, ganz wie die zu Hause, die von Barten nach Gerdauen führt, wohin ich zur Schule fahren mußte. Die herrliche Baumallee, die wie ein Tunnel wirkte, gibt es auch hier. Rechts und links ab und zu ein Gehöft. Große Schilder zeigen an, daß hier Milchwirtschaft betrieben wird. Auf einem davon sind schwarz-weiße Kühe abgebildet und darunter steht „Wir sind Top-Mädels aus Niedersachsen". Die sind auf Draht, denke ich, die Bauern, als ich weiterfahre. Auf einem anderen Hof wird, ebenfalls auf einem Schild, ein „Kuhler Drink von kuhlen Kühen" empfohlen und kein Tag sollte ohne „mi(l)ch" sein, weiß ein anderer, abgebildet ein Glas Milch, so appetitlich, daß man gleich durstig wird, auch ohne Milchtrinker zu sein.

Doch leider ist von den kuhlen Mädels nicht viel zu sehen. Dafür riesige Ställe. Einige sind aber doch draußen und springen wie verrückt umher und kommen sofort neugierig an den Zaun, als ich vom Rad steige. Der Bauer hat so etwas wie einen Graswender auf der Weide abgestellt und die klugen Kuhlen machen davon Gebrauch, beglotzen ihn erst und fangen dann an, sich daran zu schubbern. Zu nett, doch ich muß weiter, denn bis zum imaginären Gerdauen ist es noch ein ganzes Stück.

Am Wegesrand hat jemand eine ganze Karre mit Zierkürbissen abgestellt. Auf der Pappe: „Zum Verschenken." Sechs davon suche ich mir aus. Vielleicht hat jemand im Haus Lust auf Herbstdekoration? Vielleicht will er auch ein Stück von dem Kürbis, den ich schon vorher erstanden habe. Das Stück 1 Euro! Wer kann da schon vorbeifahren? Bischofsmütze hieß eine Sorte, sahen sehr interessant aus, aber weil ich es nicht so mit Bischöfen habe, liegt ein anderer hinten im Korb. Daß ich Äpfel in dieser Jahreszeit auch im Korb habe, versteht sich von selbst. Ob jemand im Haus Apfel-Kürbis-Konfitüre kochen will? Mal fragen.

Jetzt kommt Bieberstein und da war die Stelle, wo der Verrückte immer in seinen Schlorren entlangschlurfte, vor sich hin grummelnd. Gott, hatte ich eine Angst, wenn ich ihn sah, doch noch viel mehr, wenn er *nicht* zu sehen war. Hier ist aber keiner und deshalb fahre ich gemächlich durch den Ort. Schneller geht es auch kaum, weil ich so beladen bin und das Hinterrad fast platt ist.

In der Ferne taucht die Kanalbrücke auf. Kanalbrücke vor Gerdauen? Ein Kanal? Zurück in die Realität. Auf der Brücke wird gearbeitet. Abgesperrt, man kann nicht mehr rüber. Ein Höllenlärm und der Mensch mit dem Lärmschutz über den Ohren macht abwehrende Handbewegungen, das geht hier nicht rüber!!! Ich lasse mich nicht beirren, denn auf dem Schild stand für Kraftfahrzeuge gesperrt, von Rädern nicht die Rede. Ich jongliere meinen Wocken durch das Kabelgewirr direkt auf den Mann zu. Er: „Das geht hier nicht. Sehen Sie das nicht?!" Ich: „Klar sehe ich das. Doch nicht für Radfahrer und kuhle Mädels." Er nimmt den Hörschutz ab und fragt: „Was haben Sie gesagt?" Ich erkläre, daß ich durchaus weiß, was das Schild aussagt. Er ist ziemlich wütend: „Das wird nachmittags geändert." Ich will ja jetzt und nicht am Nachmittag über die Brücke, sage ich und denke, der ist vielleicht in Brass. Der hat kein Verständnis für Top-Mädels. Er blickt auf meinen Korb, schüttelt den Kopf und macht sich die Ohrenschützer wieder auf. Der versteht keinen Spaß, sonst hätt ich ihm einen Apfel angeboten! Der hat auch keinen Blick für den Kanal, in dem sich jetzt, weil die Sonne sich durchgekämpft hat, auf beiden Seiten die bepflanzte Böschung in ihren herbstlichen Farben spiegelt. Eine Wasserchaussee! Wunderschön.

Jetzt aber runter von der Brücke, soviel Schönheit bei soviel Krach. Ob das Wetter noch anhält? Dann fahre ich morgen wieder und werde dem Mann sagen, daß schon vorher angezeigt werden muß, das die Brücke nicht passierbar ist und nicht erst ...

Gar nichts werde ich, vielleicht ist es ja auch nicht normal, als alter Mensch immer so beladen durch die Gegend zu fahren. Haben nur wir das noch an uns, die Kühlen aus dem Osten? Und mit Pilzen ist in dieser Jahreszeit auch zu rechnen, also morgen das Messer nicht vergessen, denn ich werde es wieder nicht lassen können.

Was sich die Schwachköpfe
wohl denken,
frage ich mich,
wenn ich nach dem Wochenende,
durch die Flaschenscherben
um keinen Platten zu bekommen,
auf dem Radweg jongliere.

Was es heute gibt?

Puffer aus Kartoffeln und Kürbis.
Beides grob geraspelt,
ein Ei, paar Haferflocken.
In Rapsöl gebacken.
Kostet kaum was
und schmeckt göttlich.

Dazu Apfel-Sahne-Soße
mit einem Hauch Zimt.
Auch fast umsonst,
weil alles unterwegs „geerntet".
Ich esse sie mit der Hand vom Zwiebelmuster-Teller –
nobel geht die Welt zugrunde.

Sie wird nichts mehr backen und kochen.
„Eingefroren" hatte sie noch von dem,
was ich ihr gebracht.
Sagte der Sohn.

Engel bringt das Gewünschte

„Ach, ich bin so einsam, wie schön ist's doch gemeinsam", so werde ich, ihre Gesellschafterin, von Katharina empfangen. Dazu habe ich es im Laufe der Jahre gebracht. Dabei war bei meinem Einzug in dieses Haus eher Distanz zu spüren. „Akademiker" waren ihre Freunde, die allerdings hinreißend waren und an Freunden dieser Art, nicht an Akademikern, mangelt es mir manchmal. Zieh mal von einem Leben in ein anderes und werde neu! Mit der Zeit änderte sich das. Zuerst erlebte ich, daß ihre Freunde, ein Arztehepaar, sie vormittags und nachmittags noch einmal zu einem Spaziergang abholt. Während Max sich zu den Säufern auf die Bank setzte und durch sein Fernglas die Vögel beobachtete, spazierten die beiden Damen um den kleinen See, der vor dem Haus liegt. Immer mit, der Hund Prinz, den Katja, so wurde sie von ihren Freunden genannt, einmal mit „Köter" bezeichnete, weil er ihre weiße Hose beschmutzt hatte, und Anneliese ihr das schwer übelnahm.

Dann starb Max. Max, der an Weihnachten mit Kochmütze in der Küche die Gans und sich selber begoß, der Katja in alle Unternehmungen miteinbezog und der sie in seine Privatklinik aufnahm, als es erforderlich war und sie gratis behandelte. Sie soll kommen, die Freundin ruft an, und als sie kommt, ist Max schon tot und der Hund rennt wie verrückt um das Bett, in dem der Tote liegt. „Und bellt und bellt." Von nun an kommt die Freundin allein mit Prinz und man merkt, da fehlt einer, auf den beide gebaut hatten. Sie waren viel zusammen verreist. Er hatte alles auf das Vortrefflichste organisiert, geplant und sie überredet mitzukommen. „Was soll ich am Nordkap?" aber dann das ganz große Erlebnis. Island, Kanada, die

Traumstraße der Welt, alles auf eigene Faust und im VW Käfer, der immer mit verschifft wurde. Alles Erinnerungen, die mir später erzählt werden würden, als niemand mehr kam, um mit ihr die Runden zu drehen. „Kannst mal kommen?" Anneliese am Telefon. Katharina dachte, die Freundin käme mit dem neuen Fernseher nicht zurecht und fährt mit dem Bus zu ihr. „Wie ich komme, sehe ich schon, es geht ihr nicht gut. Ich konnte ihr nur noch ins Bett helfen und bleiben bis es zu Ende war." Sie wußte, daß sie krank war und sie fragte sich, ob sie was „eingenommen" hatte. Als Ärztin schließlich, meinte sie, nicht auszuschließen. Stock von Max und ein Hut von Anneliese gingen in ihren Besitz über. Den Hut trug sie bis zuletzt und der Stock von Max gehört heute mir. Aber ich bin ja schon viel zu weit vorgeprescht!

Rückblickend will mir scheinen, zu meinen besten Erinnerungen gehören die Frauen, älter als ich, zu denen eine Art von Wahlverwandtschaft entstand. Lag es daran, daß meine Mutter in meiner Kindheit ausfiel und ich die entscheidenden Jahre bei meiner Großmutter aufwuchs? Wer weiß. Dann, als die Flucht und das letzte Jahr des Krieges uns wieder zusammenführte, starb meine Mutter bald. Gerade vierzig Jahre alt. Vielleicht suchte ich unterschwellig nach einem Ort der Geborgenheit in einer Zeit, in der ich selbst Geborgenheit geben mußte.

Was für hinreißende Frauen in mein Leben traten, nein, das stimmt so nicht, ich bin in deren Leben getreten, nachdem ich gewogen und für nicht zu leicht befunden worden war. Immer zu einem Zeitpunkt, wo Not am Mann war. Ich denke, Frauen können sich so viel mehr Stütze sein, wenn es um ganz reale Dinge geht. „Heiraten wollte ich nie. Aber mit einem klugen Mann habe ich mich immer gern unterhalten. Die sind leider nicht sehr attraktiv, man muß nur mal an Sartre denken. Aber klug, das liebe ich." Wo sie recht hat, hat sie recht, das muß man ihr lassen. Interessanterweise kamen die Menschen zu ihr und bemühten sich um sie. Nicht umgekehrt. In der Nachbarschaft hatte sie eine gute Bekannte, mit der sie in jüngeren Jahren ins Theater ging, verreiste und die auch öfters zu ihr kam. Die Bekannte bekam einen Schlaganfall und mußte im Rollstuhl sitzen, konnte aber mit genügend Hilfe im eigenen Haus leben. Als Katja sie besuchen ging, war die Kranke hocherfreut und bat sie, ihnen doch einen Tee zu kochen. Das war der letzte Besuch. „Ich mit meiner Osteoporose! Ich soll mich bücken, das kann ich nicht mehr." Und aus der Traum. Daß das eventuell treulos sein könnte, kam ihr gar nicht in den Sinn. Allerdings war sie da auch schon weit über achtzig. So war sie, etwas versnobt. Hochnäsig könnte man es auch nennen. Sie hätte nie das Gewünschte bringen können, jedenfalls nicht zu der Zeit, als ich sie kennenlernte, und auch nicht wollen.

Kätelchen wohnte ganz oben. Das Gegenteil von Katharina. Immer auf der Suche nach freundlichen Handlungen, war Weihnachten für sie wie geschaffen. Zum ersten Advent mußte der Hausmeister auf ihrem Balkon einen Tannenbaum, der mit einer elektrischen Lichterkette bestückt war, festzurren, denn da oben im achten Stock war es meist windig, oft auch stürmisch. Wie schön, wenn ich von der Arbeit kam, sah ich den erleuchteten Baum schon in der Ferne. (Das macht heute kein Mensch mehr in diesem Haus.) Unter ihrer Chaiselongue hatte sie einen Karton stehen, in den alles hineinkam, was sie im Laufe des Jahres günstig erstehen konnte und Weihnachten zur Geltung kam. Handschuhe strickte sie das ganze Jahr hindurch in allen Farben. Für die Müllmänner in orange, passend zu ihrer Arbeitskleidung. Hinein kam ein Geldstück.

In ihrer Ahnengalerie ebenfalls „Akademiker", zumindest einen Medizinalrat, der neben anderen würdigen Vorfahren in einem Faltbogen auf dem Schreibtisch neben ihrem Bett platziert war. Als sie mir ihren Sohn vorstellen kam, offiziell, sie ganz Dame: weißer Hut und Handschuhe. Sie ist eigentlich eine Geschichte für sich wert. Sie wollte nur ein Kind, wie sie mir erzählte, und auch wie Katja keinen Mann. Aber weil das damals fast unmöglich war ohne Heirat, gab es eine Hochzeit. Als das gewünschte Kind ein Jahr alt war und der Herr Gemahl auf Dienstreise, zog sie zurück zu ihrer Mutter und beide zogen mit Hingabe das Kind groß: „Humanistisches Gymnasium", wie sie betonte, Studium. Alles, alles für den Sohn. Aber sie sorgte auch vorbildlich für ihre Mutter, die früh Witwe geworden war, und die bei ihr lebte, bis sie starb. Käthelchen wurde Buchhalterin bei einer Zeitung und arbeitete hart. Weil sie das Kind gut versorgt wußte, war ihr keine Überstunde zuviel. „Muttelchen", wie sie ihre Mutter nannte, hielt nach wie vor ihren „Jour" und an dem Tag kam sie extra spät nach Hause, um die Runde der alten Damen nicht zu stören. Manchmal wartete sie unten auf der Bank an der Kuhle und schlief dabei wohl auch mal ein. Einmal hatte jemand sie berührt, weil er dachte, sie sei tot, erzählte sie, „so erschöpft war ich." Stundenlang hätte ich ihr zuhören können. Leider, leider heiratete der Sohn die falsche Frau und alles alles floß in die „falschen Kanäle".

Zu dem Zeitpunkt kam ich ins Haus und hier war sie es, die mich im Fahrstuhl ansprach und wissen wollte, woher ich komme, und es entstand sofort Sympathie füreinander, als wir feststellten, wir sind auch noch aus derselben verlorenen Heimat. Wenn wir wissen wollten, ob Besuch gefällig, ließen wir zweimal das Telefon läuten. Daraufhin ging im Treppenhaus das Licht an und man wußte sich herzlich willkommen. Die Tür stand oben sperrangelweit offen, auf dem Tisch eine Schachtel Camel ohne und eine Flasche Ouzo, an der genippt wurde. Sie hatte eine etwas, zu Hause sagten wir „hohe Schulter", also etwas schief gewachsen. Ich hatte damals meine Strickphase und brachte sie ebenfalls darauf. Nun hatte sie es bald raus, wie man durch einen gestrickten Pullover das kaschieren konnte und zu den Handschuhen kamen jetzt Pullover. Ich kochte natürlich. Hier wie dort. Oben wurden meine Suppen geliebt und unten am liebsten Omeletts, gefüllt mir irgendeiner Köstlichkeit, aufgerollt, schräg geschnitten, mit Puderzucker bestäubt. Guten Appetit. Wie sie das genoß, obgleich „mir Unterhaltung immer wichtiger ist". Nur leider war ich kein Mann, doch bis zur Gesellschafterin hatte ich es dennoch gebracht.

Es fing schon in der alten Wohnung an. Eine Etage tiefer wohnte Paula mit ihrem Mann Gustav, der einen Umzugswagen fuhr und oft damit unterwegs war, der aber nie vergaß, den beiden Mädchen, die sie hatten, etwas mitzubringen. „Manchmal lagen sie schon in den Betten und schliefen, aber er mußte die Tür noch einen Spalt breit öffnen und ihnen etwas auf die Bettdecke werfen. Einmal für jeden eine Apfelsine, als es noch gar keine gab." Auch Paula wäre eine Geschichte wert, die als Kindermädchen nach Berlin in Stellung ging, im Sommer mit der Herrschaft im „Horch" nach Karlsbad zur Kur mitgenommen wurde, wo im „Pupp" abgestiegen wurde. Man denke „Pupp" in den zwanziger Jahren! Die Kinder, die sie eingehütet hatte, schrieben noch lange zu ihrem Geburtstag, freute sie sich. Ach, Paula, Pupp und Paula. Was für Erzählungen, man müßte Thomas Mann sein und darüber schreiben können.

Dies noch: Die Töchter, auch als sie schon größer waren, holten ihren Vater manchmal von der Firma ab und der Sohn des Chefs hatte sich in eines der Mädchen verliebt. Als Gustav von der Geschichte hörte, ganz empört. Das geht nicht, Sohn vom Chef und Tochter eines

Arbeiters! Der Sohn wurde für ein Jahr nach Amerika geschickt, um sich die Sache aus dem Kopf zu schlagen, aber wie das mit der Liebe so ist, das junge Paar siegte und es gab Hochzeit.

„Können Sie mal runterkommen, Gustav will nicht frühstücken kommen, er wacht nicht auf. Nur weil *ich* heute das Frühstück machen wollte", sonst machte er es, seit er zu Hause war als Rentner. Ich runter, aber das wurde nichts mehr mit Aufstehen und sie war untröstlich. Da half es, wenn ich manchmal runterging und sie ins Erzählen bringen konnte. Sie hätte das Gewünschte bringen können. Am Vorabend ihres Todes war ich bei ihr. Wie hübsch sie in ihrem Bettjäckchen aussah, ihren schönen Ring am Finger. Nichts ist in meinem Leben so klar und heiter, wie diese mütterliche Freundschaft und eigentlich fehlt sie mir heute noch. Eigentlich alle, von denen ich hier erzähle, alle hatten Format und waren sich auf natürliche Art ihrer sicher.

Hier im Haus wohnte in der zweiten Etage eine fast Blinde, die manchmal ein Pappschild vor ihre Wohnungstür legte, auf dem SOS stand. Das galt mir, wußte ich, irgendetwas ist nicht in Ordnung und es gelang mir öfters, behilflich zu sein, einschließlich bei Wohnungsbränden und Rauchvergiftung. Einmal brannten schon die Topflappen hinter ihrem Herd und einmal war von Huhn und Kohl im Topf nur noch zehn Zentimeter verkohltes Schwarz. Sie war eingeschlafen und es hätte nicht viel gefehlt, und es wäre nicht nur bei einer Rauchvergiftung geblieben. Gerettet! Um Auszulüften machte sie sich mit Blindenstock zum Kramermarkt auf und stand später mit frischen Berlinern von „Rath" (nur der machte die richtig) vor der Tür. Toll fand ich das. Das wäre von Katharina nicht denkbar gewesen, eher schon von Käthelchen.

Was erstaunlich ist, daß die Menschen nicht miteinander sprechen. Das erlebe ich auch bei meinen Besuchen in den Heimen. Was für Lebensläufe sitzen da stumm nebeneinander und sprechen kein Wort. Was ist das nur? Auch hier im Haus war das der Fall, sie besuchten sich nie, grüßten nur im Vorübergehen, dabei kamen zwei von ihnen sogar aus einer Stadt im Osten, hatten dieselbe Schule besucht. Auch etwas borniert schien mir das, dies Aufeinanderherabsehen.

Mit mir ging es. Ich brachte sie alle zum Erzählen und jede blühte dabei auf, vergaß ihre Wehwehchens, doch jede war da schon so „vereinzelt" auf der Welt, wie es bei Erich Kästner heißt. Aus der Traum vom Reisen, das damals nicht im Entferntesten mit dem von heute zu vergleichen ist. Das war noch Abenteuer. Mit der „Bremen" zur Hochzeit des ausgewanderten Bruders und mit der „Europa" zurück. Mit einem dieser riesigen Überlandbusse nach Kanada, wo ausgewanderte Verwandtschaft große Farmen bewirtschafteten. Katharina nur Hapag Lloyd, erster Klasse, wenn sie nicht mit Max und der Freundin unterwegs war. Diese Generation konnte wenigstens nach dem Krieg auf ihren Beruf zurückgreifen, denn sie gehörten dem Jahrgang der „frühen Geburt" an, waren also fertig und durch den Krieg „zäh, gefeit und hart wie Kruppstahl". Katharina „im Berg bei Heinkel Flugzeuge gebaut", und weil das Schicksal sie zu Singles gemacht hatte, brauchten sie auf niemanden Rücksicht zu nehmen. Der Krieg war ihr großes Erlebnis, hatte sie aus dem Elternhaus befreit, sie hatten Freunde für's Leben gefunden und standen ihren Mann.

Luise muß auch noch ran, die aus „Gutem Hause" kam, mit Kindermädchen und Klavierunterricht aufwuchs und ziemlich unpraktisch für das Leben wurde. Mit einer Affenliebe an ihrem einzigen Sohn hing und ebenfalls die Welt umreiste. Japan gehörte zu ihren bevorzugten Erzählungen, der Mann war dort als Diplomat tätig und eilte sofort zu den Waffen, als der erste Weltkrieg ausbrach und Luise, das Kind und die „Amme" zurückließ. Das verzieh sie ihm nie und als sie mit Kind und Kindermädchen glücklich bei ihren Eltern nach abenteuerlicher Fahrt eintraf, reichte sie die Scheidung ein. Mutig war das in damaliger Zeit. Ich lernte sie in Bad Pyrmont kennen, wo sie mir ihre Geschichte erzählte. Niemals vergaß sie, ihrer Namensvetterin im Park Blumen in die Hand zu legen, denn, so gestand sie, die Mutter hatte ihr den Namen nach der Königin gegeben. Ich muß aufhören. Das Thema ist unerschöpflich, aber klar wie Kristall. Wie sind sie denn alle gestorben ohne Pflegestufe und ohne Heim? Sie waren, möchte ich meinen lebenssatt, wie es bei Hiob heißt.

Es gibt dieses wunderhübsche Bild von Paul Klee, das heißt, es ist mehr eine Zeichnung: „Engel bringt das Gewünschte". Mit zarten Strichen sieht man eine Schwester angedeutet, mit Häubchen, die in den Händen ein Tablett hält, auf dem eine Kaffeekanne neben anderen Sachen steht. Sie ist so eifrig bei der Sache, daß der Kaffee aus der Tülle schwappt. Hinter ihrem Schürzenlatz sieht man ein kleines rotes Herz, weiß ich noch, oder bilde ich mir das nur ein? Nicht jeder kann Engel sein und nicht jeder kann einen Engel empfangen, weil das sein Wesen nicht zuläßt. *Er* muß derjenige sein, der etwas bringt. Beides muß gekonnt sein. Engelchen paß auf dich auf, sonst bekommst du den Burn-out. Erhol dich mal, vielleicht im Pupp in Karlsbad?

Wie schön wäre es, ginge jetzt die Tür auf und mein Engel träte ein, um mir das Gewünschte zu bringen. Und was sollte das sein? Wir alle sind schon so verkorkst, daß niemand mehr Engel sein kann und keiner mehr einen Engel erkennt.

Tapferkeit

Heute kämpfe ich
mit dem Wort Tapferkeit.
Heimtückisch überfiel es mich
ohne Vorankündigung
in der Nacht.

„Gleich faßt er mich an",
Angstschweiß.
In letzter Minute
in die Küche gerettet:
Kuchen von gestern
und Sahne, gleich aus dem Becher.

Raus auf den Balkon,
Sterne besehen
und in die Baumkrone lauschen.
Sterne, die wandern,
sind Flieger, mit dem Ziel Ferien.

Was war denn gestern?
Woher diese Angst,
der Anruf? Wieder das bis an die Grenze gehen
und nichts sagen.
Das Kind ist ja in Vaters Armen
noch nicht tot.

Vielleicht erreicht es
mit Müh und Not das rettende Ufer.
„Wie ist das Wetter bei Euch?
Hier ist es windig
und die ersten Blätter fallen."

Alte Heimat, Neue Heimat oder
ich hatte immer Angst

Man mußte nehmen, was sich ergab. Wenn sich überhaupt etwas ergab. Ruth, noch zwei Jahre in der alten Heimat nach Kriegsende, das hier schon im Sommer 1944 eintrat, war damals dreizehn Jahre alt. Sie und ihre jüngeren Geschwister müssen nehmen, was sich ergibt. Das heißt für sie, zum Bauern arbeiten gehen: auf's Feld, sie lernt Kühe melken, mit der Kanne am Fahrrad fährt sie zur nächsten Abfuhrstelle. Bett auf Stroh. Die Mutter und die ältere Schwester werden von den Russen verschleppt, sie weiß nicht wohin, und sie bleibt mit den jüngeren Geschwistern zurück. „Ich hatte es gut bei dem Bauern", erzählt sie, „ich hatte zu essen und bekam etwas für meine Geschwister mit, wenn ich sie am Sonntag besuchen durfte. Die waren bei Verwandten untergekommen." Dann, welch ein Glück, Mutter und Schwester kommen zurück, und bald wird die Familie ausgewiesen, weil sie nicht erwünscht. Die Polen übernehmen jetzt die Herrschaft. Die Geschichte kennen wir alle, die von dort kommen. Was nun?

Bevor die Kinder nach Ankunft in der neuen Heimat wieder zur Schule gehen können, sind zwei Jahre vergangen! Aber Ruth gibt nicht auf und das Fürsorgeamt, so hieß das damals, finanziert ihr den Schulabschluß für die Hauptschule und übernimmt auch die Kosten für die Ausbildung zur staatlich geprüften Kinderpflegerin und Hausgehilfin. Die dauert drei Jahre. „Ich mußte immer besonders gut sein", erzählt sie, „weil ich mich schämte abhängig zu sein und weil meine Mutter das nicht bezahlen konnte." „Wer immer strebend sich bemüht ..."
Das erste Jahr ist man Vorschülerin in einem Kinder-

garten, das zweite besucht man die eigentliche Schule und im dritten wird praktiziert. Aber das erzähle ich gleich.

Auf der Schule lernte ich sie kennen, wo wir in Pädagogik und ganz besonders in Hausarbeit unterrichtet wurden. Einen Tag in der Woche wurden wir in Haushalte vermittelt, die sich um uns beworben hatten und wo wir unser Erlerntes anwenden durften. Wir waren begehrt, denn das kostete die Herrschaften nichts und für diesen Tag wurde so ziemlich alles, was es an schwerer Arbeit gab, aufgehoben: große Wäsche ohne Maschine, Teppiche klopfen und Läufer, Fenster und Schuhe putzen nicht vergessen. Für ein Apfelmusbrot waren wir durchaus dankbar.

Nach diesem Jahr wurde die Prüfung abgelegt und ehe man das Zertifikat ausgehändigt bekam, folgte das Praktische Jahr in einer Familie mit Kindern. Lohn im Monat 36 Mark, dafür galt es zu beweisen, daß man alles alles gut kann. Können wir. Ruth hat wieder Glück und kommt zu Miss Lydi und deren Familie. Engländer, die zur Besatzungsmacht gehören. Erst die Russen, dann die Polen und nun Engländer. Sie lernt jeweils die Sprache ihrer Vorgesetzten. „Alles ohne Abitur", lacht sie. Glück muß der Mensch haben. Einen Roman könnte sie über ihr Leben schreiben, meint sie. Wirklich wahr.

Wir lernten in der Schule etwas über Fröbel und sein Spielzeug, über Pestalozzi, die großen Erzieher. Holzspielzeug, unbehandelt sollte es sein. Damals schon! Kindgerecht. Aber in erster Linie lernten wir saubermachen. Und kochen. Nie ohne weiße Schürze, niemals ohne Kopftuch. Das war 1948. Mangelzeit. Wir lernten, aus nichts Köstlichkeiten zu zaubern. Können wir heute noch.

Holzlöffel werden mit angerührter Schlämmkreide geputzt, Messerklingen mit einem Korken und Sand. Bürsten, wie werden die nach der Reinigung getrocknet? Na, wie wohl? Fenster putzen: sehr viel Wasser verwenden und mit zusammengeknülltem Zeitungspapier kreisförmig nachreiben und polieren. Ist das Papier zerfetzt, neues zerknüllen. Türen werden von unten angefangen zu waschen, sonst gibt es Streifen und langsam arbeitet man sich hoch. Ruth kann das perfekt heute noch. Als ob sie das gelernt hätte. Ihr Haushalt immer wie geleckt. Ein anderer lernt es nie, selbst wenn er strebend sich bemüht.

Fußböden: erst die Teppiche und Läufer zusammenrollen und nach draußen auf die Teppichstange bringen. Die gab es früher hinter jedem Haus. Erst von links klopfen, dann von rechts, abschließend bürsten. Im Winter legte man Läufer und Teppiche in den Schnee, wenn es welchen gab, mit der Oberseite nach unten und dann gib ihm die Kante. Bürsten.

In der Wohnung wird gewischt, eingewachst und mit dem Blocker geblockt. Das ist ein schwerer Klotz am Stiel, den man hin und her schiebt und die kleinen Kinder haben Spaß daran, sich darauf schieben zu lassen. Das macht man bis es glänzt und man kann ganz sicher sein, es ist rein. Mir fällt das manchmal ein, wenn ich diese unmöglichen Teppichböden in den Hotels sehe und man mag sich das Innenleben nicht vorstellen und sollte immer Hausschuhe im Gepäck mithaben, wenn man verreist. Ist denn mit Staubsaugen wirklich Sauberkeit erzeugt worden? Kommen unsere diversen Allergien vielleicht auch daher? Alles wird heute untersucht, aber solch ein Stück Teppich, das Jahr um Jahr auf dem Boden liegt, nicht. Na gut, zurück zur staatlich Geprüften. Sauber durch das Leben gekommen, alles gemeistert und heute „stolz" auf sich. Mit Recht.

Seit der Schulzeit vor mehr als sechzig Jahren verloren wir uns nie ganz aus den Augen und umschichtig gibt es ab und zu eine Einladung mit Drink und Austausch.

Heute bei ihr, diesmal mit Essen. Mohnklöße hat sie gemacht. Heimatliches. Herrlich. Unverhofft taucht ihre Enkelin auf. Sie ist jetzt einundzwanzig Jahre alt, ist mit eigenem Auto da, von Oma mitgesponsort, und, wie sie selbstgefällig anmerkt, die erste in dieser Familie, die das Abitur machen wird. Ruth stutzt, überlegt und legt los: „Mein liebes Kind, nach Schulwechsel mit 21 das Abitur vielleicht schaffen, hat für mich nicht den Wert, wie der Beruf einer staatlich anerkannten Kinderpflegerin. Und das bin ich und darauf bin ich stolz!" „Oma", sagt das große Kind, „nicht schon wieder die alte Geschichte." Macht Oma auch nicht und bietet Mohnklöße an. Mag sie nicht, weil sie auf die Figur achten muß. Aber Oma holt einen „Hunni" und erhält dafür einen Kuß.

Als die Enkelin gegangen ist, ist Ruth immer noch etwas aufgebracht. „Was denken die sich eigentlich", meint sie, „was wissen die wirklich noch über die Vertreibung, Knechtschaft und Hunger. Das muß ich erstmal verdauen. Schenk mal noch einen ein, ich hol die letzten Klöße aus der Küche. Gut, daß sie keine wollte."

So machen wir das und erinnern uns daran, daß sie sich für nichts zu schade war. Um der Mutter nicht auf der Tasche zu liegen, ging sie neben Schule und Praktikum auch manchmal auf Kramer- und Weihnachtsmarkt Bratwurst verkaufen, und wenn Ruth in der Wurstbude verkaufte, gingen die Bratwürste besonders gut. Wir lachen. Selbstbewußt? Nein, meint sie, sie hätte immer Angst gehabt. Immer Flucht nach vorn, weil sie auch den Kindern Vorbild sein wollte. „Siehst ja, wie weit ich damit gekommen bin. Aber ich habe das Lebens-Abitur in der Tasche", sagt sie. Wer kann schon Russisch, Polnisch und auch noch Englisch? Alles ohne Abitur. Toll!

Auch dafür muß gedankt werden,
daß man so ist, wie man ist:
genußfähig.

Mit eigenem Unglück geschlagen,
fehlt der Mutter der Sensor
für das Kind.

Statt auf die Fachschule
kam es zum Bauern
auf's Feld.

Was hätte aus dem Kind
nicht werden können,
wenn mehr Augenmerk darauf
gerichtet worden wäre.

Kein Sternekoch,
aber eine Köchin,
die aus Nuscht
Sterne backen könnte.

Das ist die Kunst,
die uns auszeichnet,
uns, die aus Haferflocken
Hefe und Majoran,
Leberwurst zauberten.

Aber so ist es im Leben,
erst spät begreift der Mensch,
was in ihm steckte
und was ungenützt mit ihm
in die Grube fahren wird.

Alle Jahre wieder

Alle Jahre wieder wird an das Mitleid und schlechte Gewissen appelliert, wenn es weihnachtet. Überall wird gesammelt, was das Zeug hält, kaum eine Zeitung, die nicht eine leere Tüte beigelegt hat und um Spenden für verschiedene Vereine bittet. Sogar das Fernsehen macht mit und veranstaltet große Galaabende, zu denen Promis vorfahren, sich in großer Pose auf dem roten Läufer ablichten lassen (je älter, desto frischer geliftet), bevor sie sich in den großen Festsaal mischen. An toll eingedeckten Tafeln wird fürstlich gespeist. Das Dinner kostet ein kleines Vermögen und eben dieser Betrag wird für einen wohltätigen Zweck zur Verfügung gestellt. Künstler verzichten auf ihre Gage, Spendenaktionen jeglicher Couleur werden gestartet, selbst der Zuschauer kann mitmachen und mitspenden, er ist Online und kann seinen Namen und seinen Beitrag auf dem Bildschirm laufen sehen. Die Summen der Spenden werden zwischendurch bekanntgegeben, leider kann man am Bankett nicht teilnehmen, und alle ist Friede, Freude, Eierkuchen. Ist es das?

Thema in diesem Jahr: die Geschwister totkranker Kinder, die zu kurz kommen, weil die Fürsorge und Aufmerksamkeit der Eltern ganz und gar dem kranken Kind gilt. „Kunterbunte Villen" werden ins Leben gerufen, wo die Benachteiligten von Seelsorgern und Psychologen betreut werden und wo sie wenigstens einmal unbeschwert fröhlich sein sollen. Gewiß, ein lobenswerter Einfall. Ob das wirklich hilft? Verletzungen im Kindesalter sitzen tief und die Erfahrung hat gelehrt, nichts geht verloren, ganz im Gegenteil, je älter der Mensch wird, desto öfter treten sie zutage, wollen beachtet und getröstet werden. Gehört das aber nicht auch zum Leben und „bilden" sie nicht erst „den Steuermann", wie es bei Hölderlin in einem Gedicht heißt, denn auf einem Bache zu schiffen wäre einfach.

Unsere Generation wurde am meisten verletzt und ich kenne viele, die das Erlebte niemals erzählen könnten, weil sie sonst umkommen würden. „Es ist die Mauer, die mich hält", sagte ein mir nahestehender Mensch.

Von Olga weiß ich, daß ihr immer wieder in den Sinn kommt, wie die Mutter eines Tages sagte, sie hätte lieber sie, die Tochter verloren, als den Sohn, der auf der Flucht verlorenging und den Russen in die Hände fiel. Erst wäre sie noch stolz darauf gewesen, sagt sie, bis ihr bewußt wurde, was da gesagt wurde. War sie als jüngere Schwester denn wirklich stärker gewesen? Hätte sie sich besser zu helfen gewußt? Das muß sie heute noch denken, nach mehr als sechzig Jahren.

Adele, ebenfalls Zweitgeborene, hatte gelernt im gefallenen Bruder das ganz „Besondere" zu sehen, denjenigen, der dem „Herzen der Mutter" am nächsten stand. Ihre Mutter hatte spät geheiratet und wohl kaum noch mit Mutterfreuden gerechnet und vergötterte den Erstgeborenen. „Sonnenschein" stand dann auch in der Todesanzeige des angehenden Oberleutnants. Die Rolle hält die Schwester noch mit 94 Jahren durch und der große Bruder hängt, als Soldat abgelichtet, groß im Wohnzimmer an der Wand. Wen die Götter lieben, den holen sie früh.

Ich denke da hilft kein Spielen und kein Malen. Von mir weiß ich, daß ich oft unbändige Wut hatte, wenn mein Bruder meiner Meinung nach bevorzugt wurde. Als er erkrankte und nach Königsberg ins Krankenhaus durfte, wo meine Mutter arbeitete, war ich neidisch ohne Ende. Ach, wie gern hätte ich mit ihm getauscht und wäre statt seiner krank gewesen. Das spielte ich dann manchmal und rieb mit den Fingern die Scala des Fieberthermometers hoch und blieb mit dem Kopf unter dem Federbett bis ich schweißnaß mit letzter Stimme um Wasser bat. Meistens kamen sie mir aber auf die Schliche und statt Bedauern und Milchsuppe ans Bett, Vorwürfe, wenn nicht mehr.

Drei Punkte bekommen die jungen Mütter heute für jedes Kind auf ihre Rente angerechnet, außer Betreuungsgeld und Kindergeld. Die alten Mütter bekommen für jedes einen Punkt angerechnet, ohne staatliche Zuschüsse. Eigentlich müßten sie sechs Punkte, mindestens, angerechnet bekommen, wenn man die Umstände und Zeiten bedenkt, in denen sie ihre Kinder groß machen mußten. Daß es heute drei Punkte gibt, verdanken sie eigentlich den alten Müttern, oder nicht?

Die Altersarmut, von der dauernd geredet wird, wäre verheerend, wenn die Alten nicht gelernt hätten, in eben dieser schlechten Zeit zu wirtschaften und mit dem wenigen klarzukommen, was sie heute erhalten. Sind da mal Umfragen gestartet worden? Weil sie nämlich erkannt haben, daß wirklich vieles nicht notwendig ist zum Leben und daß es der Konsumgesellschaft nicht bedarf, um glücklich zu sein.

Plötzlich tauchte vor Jahren so eine Art von Hüpfburg auf. Ein Riesending in Blau, kreisrund mit elastischem Boden und hohem Geländer aus Netzwerk. Bestimmt zweieinhalb Meter hoch. Kostenpunkt 225,– Euro. Unzählige Gärten werden durch sie verunstaltet und werden, bis auf einmal, nicht benutzt. Und so ist es mit vielem, was dem Menschen nahegebracht wird, damit er die Wirtschaft ankurbelt. Als ich neulich unterwegs war, sah ich, daß ein Mensch seine welken Blätter in das blaue Ungetüm tat, was mir sinnvoller schien als nicht gehüpftes Hüpfen. Inszwischen ist der Preis auf 175 Euro gesunken. Ein Schnäppchen also.

Doch es gibt schon etwas Neues für die Kleinen. Ein Gartenhäuschen aus Plastik, bunt, unverwüstlich und drei davon stehen schon in den Gärten der Nachbarn.

Wie gern hätten wir als Kinder eine richtige Schaukel gehabt, nicht nur ein loses Brett auf einen Strick gelegt, der um den Ast eines Baumes geschlungen war. Als die Rastenburgerin und ich vor einiger Zeit an einem Spielplatz vorbeikamen, auf dem neue Geräte installiert worden waren, darunter dolle Schaukeln, mit langen Seilen und richtig befestigten Brettern, oben und unten mit Ringen am Querbalken und dem Sitzbrett, konnten wir uns nicht bremsen, wir setzten uns darauf und mußten schaukeln und dabei kamen uns diese Gedanken.

Schlaflos

Als ich unter der Dusche stehe,
läutet das Telefon.
Zu kurz.
Ob das mein Sohn war?

Vier Stunden später
sehe ich vom Balkon:
Unten steigt er aus dem Auto.
Wir winken uns zu.

Zwanzig Minuten reichen aus,
um zu erfahren,
wie der Segeltörn in der Adria war,
wie die Geschäfte laufen.

Daß ich den Maler hatte,
daß ich zur Beerdigung war
und die nächste absehbar.
Kein Kuchen, kein Kaffee, keine Zeit.

An der Tür eine Umarmung
„Bleib du übrig."
Vom Balkon nachwinken.
Tut, tut, ein Auto,
hießen die ersten Worte
in der ersten Fibel.

In der Küche Baddel und Boskop.

„Ich hab von ihm noch ein Paar Kinderschuhe.
Nun ist er groß und läßt mich so allein.
Ich sitze still und habe keine Ruhe.
Am besten wär's, die Kinder blieben klein."

Erich Kästner

Das zieht sich hin

Ich will nicht immer
„wir" sagen müssen,
wenn ich „ich" meine.

Damit es dir gut geht,
will ich nicht sagen müssen,
es geht mir schlecht.

War jemals Verständigung möglich?
Wenn ja,
muß es in einem anderen Leben
gewesen sein.

Sind wir noch lernfähig?
Das Lebensalter steigt
und eine „Aufgabe" braucht der Mensch,
sagt das BDM Mädchen.

Silberner Tag

„Die letzten Rosen welkten noch nicht ganz …", nein, ich pflücke sie nicht, ich bin früh unterwegs und erfahre am Sonntagmorgen, die fast leere Straße am Küstenkanal, überquere die Brücke, biege dann sofort nach rechts ab und fahre auf der anderen Seite weiter.

Als ob ich das geahnt hätte liegen unter meinem Lieblingsbaum, schon fast in den gefallenen Blättern vergraben, die letzten Äpfel. Richtig gute und reife Früchte. Wundervoll. Als Dank von der unbekannten Sammlerin habe ich Schokolade für den Briefkasten mit.

Vor weißblauem Himmel ziehen Wildgänse, ich weiß nicht wohin, auch auf den abgeernteten Maisfeldern sind sie in Unmengen zu sehen und ihr Rufen erfüllt die Luft. Dieses Unverfälschte der Natur ist überwältigend. Was für ein Morgen! Gedanken kommen und gehen. Ein Brief liegt der Radfahrerin im Sinn, der gestern ankam und keine Antwort auf ihre Fragen brachte, auch nicht die Karte, die ebenfalls nur von eigenen Befindlichkeiten zu berichten hatte. Zum Schluß, was sie brauchen könnte, denn „das gibt es hier nicht" und das wäre „super".

Soll ich oder soll ich nicht. Nach einer Morgenerfahrung wie dieser, mit silbernen Pappelkronen im silbrigen Nebel, ist das Gewünschte schon unterwegs, mit Zugabe, versteht sich. „Super", daß du dich dazu entschlossen hast.

Erinnerungen

Im Laufe von mehr als dreißig Jahren in diesem Hause sah ich Postboten kommen und gehen und die meisten von ihnen scheuten den Weg bis zu mir in den sechsten Stock nicht. Wenn es nicht gerade ein Stück Kuchen „auf die Hand" gibt, etwas gab und gibt es immer. Das habe ich von meiner Nachbarin übernommen, die sogar einen „Kleingeldteller" auf dem Klavier stehen hat, wie sie das nennt, um immer das Passende bei der Hand zu haben und nicht erst suchen muß, wenn der Postmann klingelt.

Heute gab es für mich eine Überraschung in doppelter Hinsicht: nachdem es geklingelt und ich mit passendem Obulus die Tür öffne, sehe ich mich einem vollkommen schwarzen Menschen gegenüber. Ob er meine Verdutztheit bemerkt hat?

Nachdem ich die Tür geschlossen, das wundervolle Päckchen geöffnet habe, das ein Kenner meiner Leidenschaft geschickt hat und ich mich davon bedient habe, Füße hoch und reflektiert: Wie hat sich die Welt verändert. Im letzten Jahrhundert hat es mehr Umwälzungen gegeben als in allen Jahrhunderten zuvor. Wie schnell der Mensch oben war! Mir kommt unwillkürlich ein anderer schwarzer Mensch in den Kopf, der bei der Olympiade 1936 die Goldmedaille im Schnelllauf gewann. Sehr zum Ärger unseres Führers, der dem Sieger den obligatorischen Handschlag verweigerte.

Manchmal erinnern mich heute, leider, Meisterschaften oder Großveranstaltungen mit ihren wehenden Fahnen und der Massenhysterie an damalige Aufläufe. Wie verführbar der Mensch doch ist.

Die Reinheit des Blutes mußte bewiesen werden. Welche Angst beim Erfassen der Daten von Groß- und Ur-

236

großeltern, denn der Paß, der Ahnenpaß, mußte in der Schule vorgelegt werden. Wehe dem Kind und seiner Familie, wenn darin nicht alles koscher war.

Wie beneidete ich Brigitta um ihren Namen, ihre Kluft mit der tollen Kletterweste, dem geflochtenen Lederknoten, der die Enden des blauen Tuches zusammenhielt über der weißen Bluse, die am dunkelblauen Rock befestigt war. Ein vorbildliches Deutsches Mädel, mit ihren blonden Zöpfen rechts und links. Ihr Vater in schneidiger brauner Uniform, glänzende Schaftstiefel und Breeches. Sieht man heute gar nicht mehr oder trägt man die beim Reiten? Jedenfalls modernisierte er den Sport und wurde eine Kapazität auf dem Gebiet. Gott war ich neidisch auf diesen Vater und auf Brigittas ganze Familie. Die Mutter mit Mutterkreuz ausgezeichnet für ein Schar von acht Kindern, die alle Brittas Geschwister waren. Tolle Familie. Alles rein und rassig. Ich erstarrte vor Ehrfurcht und Bewunderung. Und in der ganzen Wohnung Parkett! Kannte ich gar nicht, nein, wie mir das alles gefiel.

Aber mein Klagen kam zuhause nicht an. Die begriffen gar nicht, was ich meinte. Die hatten ganz andere Sorgen und deshalb auch mit Hitler nichts am Hut, was man im Nachhinein nicht als Rebellion auffassen sollte. Sie hatten es einfach nicht „drauf", wie man heute sagen würde oder es war noch gar nicht bis in ihr Bewußtsein gedrungen. Wir wurden natürlich in der Schule erzogen und ich könnte mir denken, daß aus mir noch ein Vorzeigemädel geworden wäre, so wie ich auch ganz bestimmt, hätte das Schicksal mich in die DDR gespült, immer ausgezeichnet worden wäre, weil ich über das Soll hinaus produziert hätte.

Was für Gedanken beim Verzehr von Konfekt, das von „Kröner" stammt und im Päckchen war. Alles nur weil „Jesse" in der Tür stand, so hieß, glaube ich, der Sieger im

Laufen, mit Vornamen. Wenn man im Fernsehen die Berichterstattung über das Ende des 1000-jährigen Reiches sieht und diesen alten gebeugten Mann, der Kindern Eiserne Kreuze umhängt und der tönt, er werde bis zur letzten Minute kämpfen und kämpfend untergehen, wenn man dann liest, daß er, kurz bevor er seinem Leben ein Ende setzt, noch heiratet, denn bis dahin durfte die Deutsche Frau nicht wissen, daß er jemand an seiner Seite hatte, kann man sich doch nur noch an den Kopf fassen. Zu fassen ist das doch nicht. Aber nicht zu fassen ist auch, daß es immer noch Menschen gibt, die in ihm immer noch das verkannte Genie sehen.

Margret erzählt mir, daß sie als Kind sehr geweint hätte, als ihre Mitschülerinnen sagten: „Wasch dir erstmal deine Zigeuneraugen, bevor wir dich mitspielen lassen." Das kränkt sie noch heute mit ihren dreiundneunzig Jahren.

In diesem großen Haus gibt es jemand, der auch noch von gestern ist. Immer wieder sind im Fahrstuhl gewisse Kreuze eingekratzt. Der Maler kommt und entfernt die Schmiererei. Oft schon. Nun ist ein Gegenspieler auf den Plan getreten: Er schließt die offenen Seiten, so daß vier kleine Vierecke entstehen und setzt in jedes mit dem Lippenstift einen roten Punkt. Sieht aus, als wenn viereckige Blumen blühen würden. In einem Gedicht von Hölderlin heißt es „... und dann, dann müssen Worte wie Blumen entstehen." So muß es sein und anscheinend hat der Gegenspieler oder Spielerin, das Spiel gewonnen, denn es gibt keine offenen Stellen mehr.

Alles ist durcheinander geraten, nicht nur, daß ich einen schwarzen Postboten habe, auch habe ich Urenkel, die Schweden sind, eine Freundin hat einen Engländer geheiratet, Kinder sind gekommen, eine Tochter davon hat einen Amerikaner geheiratet. Eine andere Freundin hat einen türkischen Schwiegersohn und eine Schwiegertochter aus der Ukraine. „Muß Helga denn den Sudan heiraten?", fragte die Oma und meinte Sadun, den jungen Türken, der schon gleich bei seinem ersten Besuch seinen Hochzeitsanzug im Koffer hatte und der von seinem Clan gefragt wurde, als er mit einem gebrauchten Golf im heimatlichen Dorf vorfuhr: „Kein Mercedes?"

Alles wahr, so global sind wir. Und „Sudan" darf nicht wissen, daß seine Tochter mit einem Vietnamesen zusammen ausgeht, erzählt mir meine Freundin, es darf nur ein Türke sein. Also darf schon wieder jemand etwas nicht wissen? Was für ein Kuddelmuddel, meint Oma, oder wie die kleine Austauschschülerin aus Frankreich meinte „pêle-mêle", als wir über die Familienverhältnisse sprachen.

In der Umgebung gibt es mehrere Schulen, und wenn man zur Pausenzeit dort vorüberkommt, ist man erstaunt, daß mindestens achtzig Prozent der Kinder dunkeläugig und dunkelhaarig sind. Was für Haare! Beneidenswert. Das mischt das dünne flusige blonde doch etwas auf. Eigentlich ist das alles sehr interessant zu beobachten und man kann diese Welt noch gar nicht verlassen, weil man viel zu neugierig ist, wie es weitergeht. Außerdem hat man unterschwellig auch noch nicht ganz aufgeräumt, dachte ich neulich, als ich ziemlich weit mit dem Rad von zu Hause unterwegs war und ein Unwetter aufzog, während ich vor mich hin sang: „Weit ist der Weg zurück ins Heimatland, so weit, so weit." Man glaubt es nicht, was alles so im Menschen schlummern kann seit Ewigkeiten. Vielleicht wird eines Tages die Großfamilie durch diese gewonnenen Freiheiten wieder modern und die Alten wissen wieder, wohin sie gehören. Muß mal in Schweden nachfragen, wie es dort aussieht.

Erfolgserlebnis heute Vormittag

Pilze!
Zwei Steinpilze ohne Fehl und Tadel,
zusammen anderthalb Pfund!
Äpfel,
beides zum Nulltarif.
Ein Hokkaido für 1,50 Euro.

Wen lade ich ein?
Wer kann genießen?
Genießen kann nur der,
der selbst Genuß verbreiten kann.

Wir fahren nach Ajonken

die Zeiten ändern sich – die Urlaubsziele auch

„Am Sonntag fliegen wir nach Amerika. Da gibt es eine echte Lewis schon für 50 Dollar" Oma denkt sich ihren Teil, rückt aber doch das Geld für die echten raus. Statt Dollar 50 Euro. Aber dafür bis nach Amerika?! Na, sie will kein Spielverderber sein. Ist ja auch schön, daß die Jugend von heute etwas von der Welt zu sehen bekommt.

„Am Sonntag fahren wir nach Ajonken", bestimmte die Großmutter zu ihrer Zeit, „und du kommst mit." Das Kind wird vor lauter Freude ganz rot und stumm. Einmal mußte das im Sommer sein und einmal im Winter. einmal mit der Kutsche und einmal mit dem Schlitten. Was schöner ist, konnte man nicht sagen.

Aber erst muß Großvater zu seinem Bruder Julius, der den elterlichen Hof bewirtschaftet, und sich Pferde und Wagen ausleihen. Ob er die beiden Braunen bekommt, fragt sich das Kind. Bekommt er, aber Onkel Julius kann es nicht lassen und mahnt: „Aber jag se n nicht so bei der Hitze." „Aber wo werd ich se jagen", wehrt Opa ab. Und die Kutsche gibt es, in der man sich hochherrschaftlich vorkommt. Oma und das Kind hinten und Großvater vorn, die Zügel in der Hand, mit der er die Braunen dirigiert.

Aber erst die Vorbereitungen. Großvater beim Waschen im Hof an der Pumpe, das Kind bedient den Schwengel je nach Bedarf. Wie der schnauft und prustet! Zum Fürchten. Überm Staketenzaun hat Oma ein frisches Hemd und neue Fußlappen gehängt.

Blau ist das Hemd, mit weißen Streifen, ohne Kragen, denn die kann er nicht vertragen. Deshalb haben seine Hemden nur einen ganz schmalen Stehkragen. Zimmermannshemden. Dazu die neue Manchesterhose und die mit Lederfett eingeschmierten Schnürschuhe. Großmutter hat sich das Haar schon am Vortag gewaschen, es mit dem Regenwasser aus der Tonne gespült bis es knirscht und in der Sonne trocken gebürstet. Jetzt glänzt es und ist so weich, daß die Haarnadeln ständig aus dem dicken Haarknoten rutschen. Dauernd muß sie sich an den Dutt fassen und nachfühlen.

Gleich nach dem frühen Mittagessen geht es los. Sommerherrlichkeit. Sommerweg, rechts und links der Chaussee unendliche Getreidefelder. In der Chaussee herrscht grünes Dämmerlicht. Schmetterlinge taumeln über den Weg. Ab und zu stöbern sie einen Hasen auf, der neben ihnen aus dem Graben hochkommt. Lerchengesang oben in der Luft. Wird es Regen geben? Es ist heiß, aber auch schwül? Nein, wird es nicht, die Schwalben fliegen hoch über ihnen und machen den Lerchen Konkurrenz. Groß-

Klappbrücke über den Fehnkanal – ein Ziel meiner Radtouren

mutter ist fast eingedöst und Opa hat sich sein großes Taschentuch mit Hilfe von vier großen Knoten zur Kopfbedeckung umfunktioniert.

Die Pferde müssen ab und zu auf Trab gebracht werden, sonst kommen sie ja ewig nicht an. Das Kind ist selig, wenn es sich auch ein wenig geniert wegen Opas „Mütze". Bald aber kommt die Abzweigung, der Birkenweg nach Ajonken. Paar Häuserchen an der Straße, jedes eine Welt für sich.

Onkel Franz muß die Staubwolke gesehen haben, denn er steht schon am Tor und erwartet sie, hilft galant den Damen aus der Kutsche. Der Hof ganz auf Sonntag: gefegt, aufgeräumt, am Misthaufen träges Geflügel. Sogar der Hund wedelt nur schwach zur Begrüßung mit dem Schwanz. Willkommen waren sie immer, auch ohne Anmeldung. Wie sollte das wohl auch gehen?

Während die Männer die Pferde zur Koppel führen, wird Tante Mehta begrüßt. Fladen ist auch da und dazu bekommt das Kind Himbeersaft. Tante Mehta holt welchen aus dem Keller, er ist kühl und wird mit Brunnenwasser gemischt.

Opa muß Onkel Franzens Selbstgebrannten probierren. Nicht übel, aber Opa muß sich sich bald ins Gras unter den Birnbaum legen und ein Nickerchen machen. Der Kuchen schmeckt wunderbar. Den könnte man immerzu essen.

Wähend die Frauen am Kaffeetisch sitzen und plachandern, darf das Kind mit Onkel Julius zu den Tieren. Wieviel neue es gibt. Am niedlichsten sind die kleinen Fohlen. Ob das Kind mal reiten will? Nein, lieber nicht, aber eins von den kleinen Kaninchen darf es auf den Arm nehmen. Es ist fast schon dunkel, als es wieder nach Hause geht. Die Vögel sind verstummt, nur die Poggen machen ihr lautstarkes Konzert in den Tümpeln. Der

Himmel wird tief und schwarz und ist übersät mit flirrenden glitzernden Sternen, die ihr Licht verdoppeln müssen, denn der Mond hat heute Feierabend, wie der Großvater behauptet.

Gott sei Dank ist keine Verkehrskontrolle zu befürchten. Die Pferde finden den Weg von ganz allein, und als sie bei sich ankommen, muß der Großvater das schlafende Kind ins Haus tragen. Auch die Großmutter ist eingeschlafen und hat doch nichts vom Selbstgebrannten zu sich genommen.

Sehr viel später wird das Kind als Erwachsener auf einer alten Landkarte nachsehen, wo Ajonken liegt. Gesucht und nicht gefunden. Wahrscheinlich erhielt es wie viele Dörfer einen neuen Namen in neuer Zeit. Ganz bestimmt. Oder war alles nur ein Traum?

Nein, es war keiner, denn da gab es dieses verdorbene Voilekleid mit den gestickten Blumenkränzen, weiß, verdorben durch die Kirschen, die das Kind im Garten gegessen hatte. Was natürlich eine Standpauke nach sich zog. Sicherlich wären für derartige Unternehmungen Lewis praktischer gewesen.

9. September 2012

Von meiner Sonntag-Morgen-Tour
bringe ich einen Apfel mit.
Aber was für einen!
Hasenkopf.
Solch einen Baum
hatte auch Oma am Gartenzaun
in Gerdauen.

So viele Möglichkeiten:
Apfelreis?
Apfelpfannkuchen
oder Himmel und Erde?
Nichts davon.
Mürbeteig wird mit dünnen Spalten belegt,
darauf Butterflöckchen verteilt
und ein Hauch Zimt.

Welch ein Duft
kommt aus dem Ofen.
Shelesnodoroshnj läßt grüßen.
Ein Stück für mich
und der Rest wird verteilt.
Leben und leben lassen.

Frau Schwendimann will kämpfen

Als ich heute in der Seniorenresidenz ankomme, sitzen ihre noch fitten Bewohner draußen vor dem Café Vitalia auf Stühlen im Kreis und machen mit ihren Pflegerinnen Kinderspiele: „Ringlein, Ringlein, du mußt wandern" und „Mein rechter Platz ist leer, ich wünsche mit die ... her." Ich werde an meine Kindergartenzeit erinnert, wo dieselben Spiele gespielt wurden. Ist das damit gemeint, wenn er heißt: „Ihr sollt werden wie die Kinder?" Kann ich mir nicht denken.

Wie ich sehe, befindet sich Frau Schwendimann, die ich besuchen will, nicht im Kreis. Ich finde sie auf ihrem Zimmer, tief deprimiert. Sie kann und will sich mit ihrer Situation nicht abfinden. Der Heimvertrag liegt auf ihrem Tisch, ihre Unterschrift fehlt noch. Ihr Blick ist wach, ihre schöne Sprache differenziert, ganz wie immer. Und sie kann noch kämpfen.

Bei einem Sturz hat sie sich mit 86 Jahren ein Knie und ein Schultergelenk schwer verletzt. Auf dem Rückweg vom Einkaufen passierte das Unglück. Ohne noch einmal in ihre Wohnung zu kommen, ging es sofort ins Krankenhaus und nach mehr als zehn Wochen Aufenthalt auf verschiedenen Stationen soll dies hier die letzte sein. Aber sie geht dagegen an, spielt im Kopf alle Möglichkeiten durch. Sie will wieder nach Hause, zurück in ihre Wohnung, zu ihrem drei Meter breiten Bücherschrank, denn, so die Heimleiterin, der könne nicht mitgebracht werden. „Ohne den gehe ich nirgends hin", meint Frau Schwendimann aufsässig.

Die Residenz gleicht im Eingangsbereich dem Foyer eines Drei-Sterne-Hotels. Links ist gleich das Café, überall Sitzgruppen, bequeme Stühle. Das Personal ist „jung und dynamisch", wie der Ersatzdienstler Frau Schwendimann bei ihrer Körperpflege versichert. „Könnte mein Enkel sein", sagt sie zu mir. Wer will das schon, und deshalb griff sie so schnell wie möglich selbst wieder zum Waschlappen. Für ein privates Wort ist keine Zeit und das Zigarettchen kann nur auf die Schnelle gepafft werden. Eisern übt Frau Schwendimann jeden Tag, aus den ersten unsicheren Schritten ist schon ein kleiner Gang geworden; mit dem verletzten Arm macht sie bereits bestimmte Bewegungen. Ich bewundere sie sehr.

„Überhaupt, muß denn am Ende des Lebens ein Heimplatz der letzte Platz sein? Wie war es denn bei uns? Meine Urgroßmutter starb bei ihrer Tochter, auch der Urgroßvater, also bei meiner Großmutter, die wieder starb bei einer ihrer Töchter, Schwester meiner Mutter, und meine Mutter bei mir, und ich? Wie schafften unsere Vorfahren das also ohne Pflegestufe und ohne Versicherung. Als ob die Liebe und das Pflichtgefühl seitdem verlorengegangen sind. Ambulante Pflegedienste und Residenzen aller Art schießen wie Pilze aus dem Boden und, fügt sie hinzu, „es soll 2.500 Euro kosten. 5.000 Mark! Da kann ich ja schon erster Klasse kreuzen!" Sie hat ihren Tiefpunkt überwunden, spüre ich. Sie fragt nach ihrem selbstgezogenen Oleander, den ich seit ihren Unfall betreue. Den soll und muß sie selbst wieder versorgen, nehmen wir uns vor.

Als sie mich mit ihrem Gehwagen, den sie schon ganz gut handhaben kann, zum Ausgang bringt, sehen wir, daß das Café voll ist. „Es ist Freitag", sagt sie, „damit sie am Wochenende frei haben, werden die Alten noch schnell besucht." – „Aber nein", sage ich beruhigend, „so wollen wir nicht denken." Ich verstehe nur allzu gut, daß sie bitter ist.

Draußen sitzen einige alte Frauen nebeneinander in

ihren Rollstühlen und blicken stumm vor sich hin, ohne Kontakt zueinander. „So ist das hier", sagte sie, „ich merke es an mir selbst: Wenn ich anfange nachzugeben, daß ich aufhöre zu denken und anfange zu stieren. Nein, ich will hier raus." Ich scherze: „Mein linker Platz ist leer, ich wünsche mir die Schwendi her", denn sie hat die Wohnung gleich neben mir auf der linken Seite. Sie reicht mir ihre gesunde Hand und zieht mich zu sich heran. Ich sage, „alter Kämpfer".

Bei einem meiner ersten Besuche beklagte sie sich, daß man sie nicht nach draußen an die Luft bringe. „Sogar während meiner Haftzeit hatte ich täglich eine halbe Stunde Hofgang und hier ..." Sie hatte mal über ihre Haftzeit mit mir gesprochen, aber das ist eine andere Geschichte.

Gott sei Dank kann sie nun wieder allein an die Luft, und ich hoffe, daß mein linker Platz bald wieder besetzt sein wird. An mir soll es nicht liegen.

Briefe nicht erwünscht

Sie lieben meine Briefe nicht
in dieser Zeit,
in der man faxt,
sich E-Mails schreibt
und Telefon schon alt erscheint.

Das Wenigste, was ich doch könnte,
wenn ich mir ein Flatrate gönnte,
und auch ein Handy
wird für mich erwogen.
Ach, muß das wirklich sein?

Wie anders wurde ich erzogen.
Erzogen? Mitnichten,
Erfahrung hat es mich gelehrt,
ich lebe, ohne, unbeschwert.

Glück

Nach endlosem Winter
will das Jahr
„wieder seine Kirschen machen"
Ich hole meinen Holländer
aus dem Stall
und versuch es noch mal.

Fast hätt ich vergessen
wie das ist,
wenn sich nach dem 10. Kilometer
die Lebensgeister wieder rühren.
Mit alter Frische
trete ich in die Pedale
und freue mich,
daß ich ein Sonntagskind bin.

Zu Hause erwarten mich,
von guten Geistern aus dem 1. Stock
in die Küche gestellt,
(statt Orchideen)
Spargel, Knochenschinken und Wein.
Glück.

Sonne

„Gestern Nachmittag
war das Glück bei mir.
Ich war nicht zu Hause
War unterwegs
Glück suchen ..."

Ist es wirklich wahr
und nach all dem Kuddelmuddel
von Schmerzen jeglicher Coleur,
monatelang,
ist er gekommen,
der Tag
an dem die Sonne scheint.

Sofort steigen die Geister!
Auf dem runden Balkontisch,
mit der blau-gelb großkarierten Decke
stelle ich den blauen Übertopf
mit den gelben Strohblumen.
Daneben liegt Goethes *Italienische Reise*,
blau eingebunden.
Glück kleinkariert.
Was sollen an solch einem Tag
Italien, was Spanien
oder eine Insel?
Ich stelle den Balkonstuhl raus
und freue mich, daß ich zu Hause war,
als heute das Glück
an meiner Tür war.

Der Angsthase

Vom Fenster aus
Sah ich dich kommen,
Doch gingst du nicht
Den graden Weg.
Von hinten rum,
Kamst du geschlichen,
Damit dich keiner sieht.

Wovor mußt du dich fürchten?
Du sagtest doch, daß du mich liebst?

Im Fluß sind
Wir geschwommen
Du allzunah am Rand
Und sahst dich um,
Ob Haie kommen
Ich hätte sie vertrieben
Mit meiner bloßen Hand.

Du brauchst dich nicht zu fürchten,
Du sagtest doch, daß du mich liebst.

„Wo viel Sonne
Ist auch Schatten.“
Doch wo viel Schatten,
Wenig Licht.
Du konntest selber
Dir nicht trauen
Und deshalb konnt' auch ich es nicht.

Jetzt brauchst du dich nicht mehr zu fürchten
Du *sagtest* nur, daß du mich liebst.

Nachwort

Eine gute Freundin ist gestorben. In ihrem Nachlaß finden die Kinder in einem Karton 48 (!) kleine Taschenkalender, darin jeden Tag eine Aufzeichnung.

„Nichts Großartiges", sagen sie. In den letzten Jahren niemals das Wort Krebs, Chemotherapie oder Schmerzen. Stattdessen immer der Garten, über die Ernten, das Wetter, wen wann bewirtet. Und natürlich die Kinder. „Heute lese ich, wie oft sie kamen und die Kinder hüteten, den Hund ausführten und wie sehr sie immer für uns da war."

Mir hatte sie einmal geklagt, daß niemand mal bei Tisch sagte: „Das ist aber gut." Einmal hatte sie aufbegehrt und gefragt und bekam zur Antwort: „Du siehst doch, daß es schmeckt, sonst würden wir ja nicht essen!" *Das* hat sie bestimmt nicht notiert. So war sie.

Sie fehlt mir sehr – wenn mir plötzlich eine Idee kommt und niemand ist da, dem ich sie mitteilen kann, schreibe ich es auf. Ich lebe allein. Mir ist es nie gelungen, jeden Tag etwas aufzuschreiben. Am Anfang des Jahres oft begonnen, doch es fehlte an Konsequenz. Aber wenn mir spontan eine Idee kommt, notiere ich sie, und weil ich morgen schon vergessen, was ich heute gedacht habe, (schließlich bin ich eine alte Frau) bekommt das Notierte Monika Rohde. Sie wird richten und sichten, wenn Gereimtes und Ungereimtes kommt. Denn ohne sie wäre ich ohne Echo geblieben. Ich danke ihr sehr für ihre Ermutigung, und daß sie mir immer das Gefühl gab, daß das Gekochte auch schmeckt. „Es liest sich ganz schön", sagte sie kürzlich, als ich schon aufgeben wollte.

Christel Bethke

Christel Bethke, geboren in Barten, stammt aus Ostpreußen. Sie ist in Gerdauen aufgewachsen und kam mit
dem großen Treck nach Oldenburg, wo sie heute noch
lebt.

Zu schreiben begann sie erst spät, wobei sie Erlebtes und
Erinnertes ebenso verarbeitet wie Gehörtes und Gesehe-
nes. Nach ersten Geschichten über Ostpreußen (*Weiße
Schatten über fremden Spiegeln*) schreibt sie heute über
Alltagserfahrungen – seien es Besuche im Altenheim oder
ihre Landparien mit dem Fahrrad.